Johanna Marie Jakob

UNHEIMLICH WEIHNACHTLICH!

Böse Geschichten aus Thüringen

Wartberg Verlag

1. Auflage 2021
Alle Rechte vorbehalten, auch die des auszugsweisen Nachdrucks
und der fotomechanischen Wiedergabe.
Satz und Layout: Christiane Zay, Passau
Druck: Rindt Druck, Fulda
Buchbinderische Verarbeitung: Buchbinderei S. R. Büge, Celle
© Wartberg-Verlag GmbH
34281 Gudensberg-Gleichen, Im Wiesental 1
Telefon: 0 56 03 - 9 30 50
www.wartberg-verlag.de
ISBN 978-3-8313-3013-3

INHALT

Thüringer Klöße... 4

Maria und Josef 7

Barbarossahöhle 11

Von wegen schwarze Katze............................. 18

Kilometer sechsundfünzig............................... 24

Wölfe.. 28

Gutshaus mit Kamin 35

Deadline... 46

Der Winnaachtensbaum.................................. 51

Protokoll einer Vernehmung 56

Weihnachten mit Elli...................................... 62

Puppenhaus 66

Weihnachtsbesuch 72

Die letzte Geschichte 74

THÜRINGER KLÖßE

Nu iss mal, die Soljanka wird kalt! Schmeckt sie dir nicht? Du magst doch keine kalte Suppe. Ich kann dir noch mal auffüllen, sie steht auf dem Herd und ist noch warm.

Du bist nicht etwa beleidigt? Ja, ja, du hattest dir Weihnachten anders vorgestellt, aber da bist du nicht der Einzige.

Mit deinem Hemd, das tut mir leid, es war dein Lieblingshemd. Ich kann es stopfen, blaues Garn habe ich da. Mach ich dann gleich nach dem Abwasch. Oder sollte ich mich erst um den Weihnachtsbraten kümmern? Eigentlich wollte ich die Rehkeule auftauen. Doch das frische Fleisch muss zuerst weg. Gibt's das Reh eben an Neujahr.

Rotkohl dazu, sicher, hab ich gestern gekauft. Ich muss ihn noch schnitzeln. Und Kartoffelklöße – na klar, wie jedes Jahr. Zwei zu eins, ich weiß, selbst gerieben, nur mit Heichelheimer Kartoffeln. Und mit der Kloßpresse von deiner Mutter, nicht zu vergessen die in guter Butter gebratenen Brötchenwürfel. Aber ohne Schwefelei, ich will keine Chemie in meinem Essen. Wenn sie grau werden, die Kleeße, dann liegt das an den heutigen Kartoffeln. Wer weiß, was die schon alles enthalten, Schwefel offenbar nicht.

Du hättest das nicht sagen dürfen. Nicht das.

Nein, ich bin nicht nachtragend. Man sieht auch kaum noch etwas. Ist doch gut verheilt. Über die Narbe kommt ein wenig Make-up drüber, fertig.

Darf ich das Messer ...? Ich muss das Fleisch schneiden, solange es frisch ist. Zwei ordentliche Bratenstücke dürfte es geben, vielleicht noch eine Handvoll Gulasch. Die Lende will ich mir erst ansehen, ob sie was taugt. Die Nordhäuser Tafel kann immer Fleisch gebrauchen. Der alte Herrmann nebenan freut sich auch über ein zart gekochtes Stück Weihnachtsbraten. Muss ich eben ein wenig länger kochen, du bist nicht mehr der Jüngste. Leicht anbraten und ab in den Topf.

Nein, das mit der Kellertreppe nehme ich dir nicht übel. Das Knie tut noch weh, aber war ja nichts gebrochen, diesmal.

Was ist nun mit deiner Soljanka? Keinen einzigen Löffel? Ist sie dir nicht scharf genug? Paprika ist dran, Salz kann ich noch holen. Ja, eine Prise Salz schadet nicht. Ich tu dir noch einen Löffel saure Sahne rein, dann wird sie cremiger.

Die Nachbarn werden Fragen stellen, nach der Christvesper morgen Abend. Ich werde ihnen sagen: „Er hat mich verlassen." Ist nicht gelogen. „Er hat eine andere. So ein junges Ding aus Nordhausen." Das ist doch hoffentlich gelogen?

Sie werden die Augen aufreißen und ihre Sprüche klopfen. „Der besinnt sich schon. Bald steht er wieder vor der Tür."

Und sie werden verständnisvoll nicken, wenn ich entgegne, dass ich das auch denke. „Sag Bescheid, wenn du Hilfe brauchst." Erledigt, es hat jeder seine eigenen Sorgen. Ich brauche keine Hilfe, kann alles selbst. Garten, Haushalt, Auto. Vielleicht beim Reifenwechsel im Frühjahr, mal sehen.

Apropos Garten: Was hältst du von der Ecke hinten am Kompost? Der muss ohnehin noch umgesetzt werden. Frühmorgens kommt dort sogar die Sonne hin, im Sommer zumindest.

Ich nehme mir jetzt das Messer. Dein Hemd geht erst in die Wäsche. Stopfen kann ich es abends beim Fernsehen. Wegen des Zerlegens – das muss sein, ich kann nicht mehr so schwer tragen, das Knie, du weißt ja. Aber ich mach es ordentlich, gelernt ist gelernt. Mein Meister sagte immer: „Bei den Schweinehälften macht der Silvy niemand was vor. Sie schwingt das Messer wie einen Säbel."

Wenn der alte Herrmann seinen Mittagsschlaf hält, schnappe ich mir den Spaten und fange mit dem Kompost an. Der Boden darunter ist schön weich und voller Würmer. Was denn? Immerhin hast du früher geangelt, da hast du die Viecher sogar angefasst. Das Wetter bleibt heute noch sonnig, wenn nach Weihnachten der Frost kommt, wird es schwieriger. Den Rest erledige ich, sobald es dunkel ist und der Alte Nachrichten schaut.

Ja, das Amt wird sich melden. Ich sage denen, du bist krank. Oder: „Er hat mich verlassen." Ist nicht gelogen. „Ich hab keine Ahnung, wo er jetzt ist." Naja, das ist nicht ganz die Wahrheit. Aber ich kann schlecht sagen: „Schauen Sie mal unterm Kompost nach!"

Deine Mutter? Sie wird keinen Unterschied feststellen. Schließlich bin ich diejenige, die sie besucht. Sie freut sich immer, mich zu sehen. Vielleicht nehme ich ihr auch ein Stück Fleisch mit. Wenn es lange genug schmort, kann sie es kauen. Ja, und natürlich Kleeße. Ohne Kartoffelklöße kein Weihnachtsbraten. Nun muss ich los, es wird zeitig dunkel.

Du hättest das nicht sagen dürfen. Nicht das. Meine Kleeße sind mindestens so gut wie die deiner Mutter.

MARIA UND JOSEF

Von der Waldhütte am Rennsteig bis zum Supermarkt sind es mit dem Wagen dreißig Minuten. Ich schaffe es in fünfundzwanzig. Morgen ist Heiligabend, wie immer verbringe ich die Zeit zwischen den Jahren in der Hütte. Ich nenne sie so, obwohl sie inzwischen zu einem behaglichen Wochenenddomizil geworden ist, vorausgesetzt, im Ofen knistert ein ordentliches Feuer. Das habe ich gerade angezündet, jetzt noch schnell einkaufen, dann den Baum schmücken.

Der Supermarkt in Oberhof ist voll, die „Ich-könnte-während-der-Feiertage-verhungern-Panik" grassiert dieses Jahr besonders heftig. Nach nervigem Schlangestehen zwischen einer alten Dame („Nein, ich suche die 97 Cent selbst aus dem Portmonee!") und einem quengelnden Kleinkind („Mama, ich will aber die Schokolade mit dem Totenkopf drauf!") fragt mich die Kassiererin: „Sammeln Sie Punkte?"

„Nur in Flensburg."

Sie lächelt angestrengt. Dabei ist das kein Witz. Ich bin sicher, die Blitzerbrigade hat einen Peilsender unter meinem Wagen platziert, damit sie mich auch immer finden. Wer nicht geblitzt oder gelasert werden will, muss nur andere Straßen benutzen als ich. Oder langsam fahren.

Endlich habe ich das Auto beladen und rolle vom Parkplatz. Fünfundzwanzig Minuten sind zu unterbieten, mein eigener kleiner Rekord.

Am Ortsausgang kommt mir eine Gruppe Menschen auf meiner Straßenseite entgegen, ich nehme vorsichtshalber den Fuß vom Gas. Sie führen einen großen zotteligen Hund an der Leine und sehen irgendwie merkwürdig aus. Der Größte von ihnen schwenkt beim Laufen einen langen Stock, der oben gebogen ist. Er trägt einen breitkrempigen Hut mit runder Kuppe. Neben ihm hüpft eine junge Frau mit pinkfarbenen Haaren. Sie ist, gelinde gesagt, recht mollig und trägt unter einer Strickjacke ein wallendes Gewand aus schillerndem Stoff, grün, blau und violett, je nach Blickwinkel. Trotz des zeltartigen Schnittes zeichnet sich ein praller Bauch darunter ab.

Bevor ich mir die anderen Gestalten näher ansehen kann, springt der Hund plötzlich auf die Straße und meine Vollbremsung endet eine Handbreit vor seiner Wollnase. Er blökt jämmerlich, setzt sich auf die Hinterbeine und sieht mich vorwurfsvoll an. Jetzt erkenne ich, dass er ein Schaf ist, das dringend geschoren werden müsste. Mein Auto ist sofort von den Gestalten umringt. Neben dem Langen mit dem Hirtenstab beugt sich ein Jüngling in einem Hemd aus Sackleinen über meine Motorhaube und gibt mir Zeichen mit der Hand.

Ich nehme den Gang raus und steige aus. „Könnt ihr nicht besser auf euer Vieh aufpassen?"

„Das ist Bethlehem!", sagt die Pinkhaarige. Sie sieht aus, als wäre sie höchstens sechzehn.

„Ein Schaf?"

Sie nicken eifrig. „Wir sind das Krippenspiel!"

Jetzt macht die Verkleidung Sinn. „Dann bist du Josef?", frage ich den Langen.

„Gut geraten, Herr!" Er lächelt stolz und hebt seinen Stab. „Das ist Maria! Und die anderen sind die Hirten!"

„Und wo ist das Jesuskind?", frage ich und erwarte, dass Maria eine Holzpuppe aus ihrem schäbigen Rucksack hervorzieht.

Einer der Hirten lacht und zieht eine Grimasse. Maria dagegen schiebt die Unterlippe weit nach vorn und rollt mit den Augen. „Das wird doch erst übermorgen geboren!" Sie streicht sich liebevoll über ihren kugelrunden Bauch.

„Was macht ihr hier draußen auf der Straße?"

„Wir suchen eine Herberge", antwortet Josef geduldig.

Ich frage mich langsam, ob hier irgendwo ein Heim der Lebenshilfe in der Nähe ist, wo die fünf mit ihrem Schaf vielleicht hingehören. Ob sie allein zurückfinden?

„Habt ihr euch verlaufen? Braucht ihr Hilfe?"

„Nein", sagt Maria und steckt eine pinkfarbene Strähne hinters Ohr. „Wir müssen noch Gutes tun."

„Ach. Was denn zum Beispiel?"

Die Hirten feixen und boxen sich gegenseitig in die Rippen.

„Wir sammeln für einen neuen Glockenstuhl. In dem alten ist der Holzwurm drin." Josef zieht eine Opferdose aus der Tasche und schüttelt sie. Es klimpert schon ganz ordentlich darin.

Daher weht also der Wind. Na gut. Ich beuge mich ins Auto und hole mein Portmonee hervor, überlege kurz. Nachdem Josef noch mal auffordernd geklappert hat, stecke ich einen Fünf-Euro-Schein in die Dose.

Die Hirten freuen sich und Maria nickt anerkennend. „Gut gemacht. Gleich um die nächste Kurve wird dir Gutes widerfahren."

„Was?"

„Du wirst schon sehen!" Maria grinst und Bethlehem blökt zustimmend.

Kopfschüttelnd steige ich ins Auto. Die Truppe hat mich nachdenklich gestimmt, und ich fühle mich seltsam entspannt. Ich sehe mich im Rückspiegel sogar lächeln.

An der scharfen Linkskurve habe ich sie schon fast wieder vergessen, als ich auf der rechten Seite einen grünen Kasten auf drei Beinen entdecke. Wie immer will ich reflexartig auf die Bremse treten, doch ein Blick auf den Tacho zeigt beschauliche 50. Ein gutes Stück weiter parkt ein Streifenwagen in einem Feldweg, der Polizist mit der Kelle nimmt keine Notiz von mir. Das kenne ich anders.

Plötzlich fällt der Groschen und ich fange an zu lachen. Die Bande wusste von dem Blitzer! Sie haben mich doch tatsächlich vor einem weiteren Bußgeldverfahren bewahrt, diesmal wäre ich mit Sicherheit den Führerschein losgeworden. Kurz entschlossen wende ich das Auto und fahre zurück in Richtung Oberhof, nicke dem arbeitslosen Polizisten freundlich zu. Fünf Euro! Ich schäme mich, was sind fünf Euro für einen Führerschein? Im Ort fahre ich bis zum Supermarkt, drehe noch eine Runde durch die Seitengassen. Keine Spur von ihnen.

Die Kassiererin im Markt sieht mich streng an: „Bitte hinten anstellen!“

„Haben Sie Josef und Maria gesehen?“

„Wenn sie nicht mehr auf dem Wühltisch liegen, sind sie ausverkauft.“

Ich frage die Leute auf dem Parkplatz: „Ich suche fünf junge Leute mit einem Schaf! Es heißt Bethlehem.“

Eine ältere Frau bekreuzigt sich hastig, ein Ehepaar im mittleren Alter murmelt etwas von Alkohol am helllichten Tag.

„Ja, braucht ihr denn keinen neuen Glockenstuhl?“

Ein paar Jugendliche fragen mich, wo es das Zeug gäbe, das ich geraucht hätte.

Ich steige ins Auto, im Rückspiegel sehe ich mich noch immer lächeln. Als ich am Polizisten vorüberfahre, gemütlich und entspannt, grüßt er freundlich zurück.

BARBAROSSAHÖHLE

Je weiter wir in die Höhle vordringen, desto stiller werden sie. Der ältere Herr stützt seine Frau fürsorglich, indem er sie am Ellenbogen hält. Die Teenager tasten sich am Geländer entlang, während ihr Betreuer permanent murmelt: „Zusammenbleiben, zusammenbleiben!"

Auf der Strecke unserer Führung wechseln sich dunkle und hell ausgeleuchtete Abschnitte permanent ab, der Felsboden glänzt nass im Licht oder besteht aus schwarzem Nichts unter den Schuhen. Kaum riechen sie die feuchte Luft, kaum ahnen sie, wie der sich windende Pfad zwischen kalten Felswänden verschwindet, erinnern sich rudimentäre Teile im Unterbewusstsein an Gefahr und Unheil, wird ihr Geist furchtsam. Instinkte erwachen und Gespräche verstummen. Ich arbeite erst seit drei Wochen als Höhlenführerin, aber das habe ich bereits gelernt.

Hedwig übernahm heute den Feierabendgang, es ist der letzte vor der Mettenführung, der traditionellen Weihnachtsveranstaltung, und ich hoffe, sie redet etwas schneller als sonst. Ich laufe hinter der Gruppe, um auf den absolvierten Strecken das Licht abzuschalten und zu kontrollieren, ob niemand zurückbleibt oder falsch abbiegt und sich in den Weiten der Höhle verläuft.

Der Gästeandrang im Dezember hält sich in Grenzen. Eine Handvoll Erwachsener lauscht diszipliniert und aufmerksam, als Hedwig im Empfangssaal, einem Höhlenraum mit 38 Metern Spannweite, anhält und die Entstehung einer Gipskarsthöhle erläutert. Die Teenager, wahrscheinlich aus dem nahe gelegenen Kinderheim, schwatzen ungeniert, ein schmächtiger Junge steht abseits und kaut an den Fingernägeln. Ihr Betreuer schlurft um sie herum wie ein Hütehund und zückt alle paar Schritte sein Handy, nur um festzustellen, dass es hier unten kein Netz gibt.

In der sogenannten Gerberei beantwortet Hedwig geduldig die Fragen zu den wie Lappen von der Decke herabhängenden Steinen. Ich habe ein Auge auf die Jugendlichen. Am Grottensee lässt Hedwig die Gäste schätzen, wie tief das kristallklare Wasser ist. Und wie immer liegen alle gewaltig daneben, der sichere Triumph bei jeder Führung. Jeder glaubt, den Grund mit bloßer Hand greifen zu können, doch als Hedwig die Messlatte anleuchtet, ruft der schmächtige Junge erstaunt: „Drei Meter!" und einer der Teenager sagt: „Echt krass, Alter!".

Als ich am „Olymp" die rückwärtigen Scheinwerfer abschalte, passiert es zum ersten Mal: Ich sehe eine Bewegung hinter einem der Felsen. Die Beleuchtung in der Hauptstrecke schwankt zwischen hell und dämmrig, sie ist teilweise farbig und zielt auf Stimmungen und Effekte ab. Dadurch ergeben sich verwirrende Schatten, die in den Seitengrotten zu Täuschungen führen. Das ruhige Wasser der Höhlenseen reflektiert das Lampenlicht zurück zur Decke, was das Auge zusätzlich verwirrt. Ich sehe genauer hin, doch ich kann nichts Ungewöhnliches erkennen.

Ich schüttele den Kopf und gehe weiter, um den Anschluss nicht zu verlieren. Da höre ich hinter mir Schritte auf dem Felsboden. Obwohl ich glaube, inzwischen alle Schatten, Geräusche und Tücken der Höhle zu kennen, spielt sie heute anscheinend ihre Spielchen mit mir. Ich lasse meine Stablampe aufblitzen und leuchte den Weg hinter mir ab. Lange dunkle Schemen bewegen sich hinter den angestrahlten Felsbrocken und ich blicke zumeist ins Schwarze. Es dauert eine Weile, bis meine Augen sich umstellen.

Ich spitze die Ohren und fühle ein Kribbeln an der Wirbelsäule. Als sich die Umrisse der Felswände bis zur Wegbiegung herausschälen, sehe ich erneut etwas hinter einem Vorsprung verschwinden. Ein Tier? Ein verloren gegangener Gast aus der vorherigen Führung? Der hätte doch mit Sicherheit gerufen. Ich gehe zwei Schritte zurück, höre jedoch nur Hedwigs Stimme und deren Hall unter der Höhlendecke. Die Härchen an meinen Armen richten sich auf.

Ich drehe mich um und haste der Gruppe hinterher. Hedwig ist jetzt an der Speckkammer angekommen, wo sie die Sage vom deutschen Kaiser Friedrich Barbarossa erzählt, der irgendwo in unserer Höhle im Tiefschlaf sitzt, während ihm sein roter Bart durch den Tisch wächst. Sie dehnt manche Worte, spricht leise und plötzlich wieder laut, macht Pausen an den richtigen Stellen und fuchtelt mit den Händen. Selbst die Teenager hören ihr jetzt mit offenen Mündern zu. Ich setze mich auf einen Felsbrocken, mit dem Rücken zur Wand, der Schein meiner Stablampe zittert über den Boden.

„... und jedes Jahr geht er hinauf und schaut, ob die Raben noch um den Kyffhäuserberg kreisen. Wenn sie das tun, weiß er, dass seine Zeit noch nicht gekommen ist. Dann rafft Kaiser Barbarossa seinen Mantel und kehrt zurück an den Tisch."

„So ein Schwachsinn!", sagt plötzlich eine gedämpfte Stimme neben mir. Ich zucke zusammen und kippe beinahe hinter die Absperrung. Neben mir steht ein Mann und sieht zu Hedwig hinüber.

„Himmel und Hölle, haben Sie mich erschreckt!" Während ich mich sammele, mustere ich ihn. Er ist nicht besonders groß, aber schlank und drahtig, trägt einen kurzen Mantel aus derbem Leder, der von einem breiten Gürtel zusammengehalten wird. Seine lockigen weißen Haare fallen ihm bis auf die Schultern. Er ist mir in der Gruppe bisher nicht aufgefallen.

„Jeder weiß, dass es nicht Barbarossa ist, den die Menschen erwarten", grummelt er und sein voller grauer Bart sträubt sich vorwurfsvoll.

„Was meinen Sie?", frage ich verdutzt.

„Mir allein gebührt das Denkmal. Die Raben fliegen in meinem Auftrag um den Berg."

Ich kenne natürlich den wahren Ursprung der Barbarossasage, das Volk im Mittelalter erwartete eigentlich den Stauferkönig Friedrich II. sehnsüchtig zurück. Irgendwann im Laufe der Zeit verwechselten die Überlieferungen Friedrich II. mit seinem Großvater Barbarossa. Für den Rotbart wurde das Denkmal auf dem Berg gebaut, nach ihm die Höhle benannt. Hält der Mann sich etwa für Barbarossas Enkel?

„Ehre, wem Ehre gebührt." Er sucht meinen Blick. „Warum sagt Ihr den Menschen nicht die Wahrheit?"

Ich habe das absurde Gefühl, mich rechtfertigen zu müssen. „Das Denkmal auf dem Kyffhäuserberg heißt nun mal Barbarossadenkmal, es wäre schwer zu erklären ..."

„Die Wahrheit ist oft schwer zu erklären, das sollte niemanden abhalten."

„Wer sind Sie eigentlich? Sie sind nicht mit der Gruppe gekommen." Langsam kehrt meine Fassung zurück.

Er lacht auf. „Ich bin allzeit hier, streife durch die Grotten, beobachte die Menschen. Ihr selbst erzählt doch die Mär vom Kaiser im Berg, nur dass Ihr den falschen Kaiser nennt."

Mir liegt eine spöttische Bemerkung auf der Zunge, aber etwas hält mich zurück. Ist es die Art, wie das Leder seiner Kleidung verarbeitet ist, die groben Nähte und Verschnürungen, wie man sie heutzutage höchstens auf Mittelaltermärkten sieht? Ist es die Ernsthaftigkeit seiner Miene oder der große goldene

Ring mit dem Reichsadler an seinem Finger? Ich beschließe, ihm auf den Zahn zu fühlen.

„Wann gedenken Sie denn zurückzukehren, Majestät?"

Er zieht die Stirn kraus. „Die Raben fliegen noch immer um den Berg."

„Was muss geschehen, damit sie verschwinden?"

Sein Blick gleitet über die Gäste, die Hedwigs Ausführungen lauschen. „Nun wartete ich Aberhunderte von Jahren und hoffte, sie würden erfassen, was es besagt, Mensch zu sein."

„Was besagt es denn?"

Er sieht mich eindringlich an. Im Dämmerlicht der Höhle schimmern seine Augen intensiv blau. „Zu erkennen, dass das Leben einmalig ist, lebenswert und wundervoll, aber unersetzlich." Er weist auf die Gästegruppe. „Sie essen, ohne Hunger zu haben, sie trinken, ohne durstig zu sein. Sie erwerben, nicht weil sie benötigen, sondern um wegzuwerfen. Sie leben ihr Leben, als besäßen sie ein Dutzend davon."

Ich staune über den Ernst seiner Worte. Was soll ich ihm entgegnen?

Er scheint keine Antwort von mir zu erwarten. „Gleichermaßen verschwenden sie nicht nur ihr Dasein, sondern – viel ärger noch – auch das ihrer Mitmenschen. Sie befehden sich angesichts von Religionen, die sie selbst erdacht haben, sie töten für Land, dass sie nur gerecht teilen müssten."

„Sie sind gut informiert über den Stand der Dinge", sage ich.

„Der Mann aus dem kleinen Basar – er trägt den Namen Manfred, gleich meinem geliebten Sohn – lässt mich die *Papyri* lesen, die Ihr Zeitung nennt."

Manfred betreibt einen Kiosk, verkauft die Höhlentickets sowie Ansichtskarten und Bockwürstchen.

Der Fremde weist auf einen der Teenager, der gerade seine leere Coladose hinter einen Stein klemmt. „Ihr vernichtet sorglos die Welt, in der ihr lebt. Dabei ist auch sie einmalig." Er setzt sich zu mir auf den Felsvorsprung. Mein Blick fällt auf seine Stiefel, handgenäht, keine Reißverschlüsse, sondern Schnürungen mit derben Lederstreifen.

„Wie nennt man Euch?", fragt er.

„Adelheid."

Sein Gesicht leuchtet auf. „Adelei!"

Ich will ihn korrigieren, doch er singt den Namen vor sich hin wie ein Lied, offenbar verbindet er ihn mit einer schönen Erinnerung. „Nun sagt, Adelei, bei alldem, warum sollte ich zurückkehren?"

Plötzlich weiß ich, was ich ihm entgegnen kann. „Sie sehen, wie dringend wir Hilfe benötigen. Werden Sie deutscher Kanzler, führen Sie uns in eine bessere Zukunft!" Es klingt pathetisch, aber es scheint mir zu passen.

„Kanzler?", schnaubt er verächtlich. „Ich bin *Kaiser* von Gottes Gnaden." Er steht auf und legt mir seine Hand auf die Schulter. „Glaubt Ihr, das deutsche Volk ist bereit für einen Kaiser?"

Diese Frage übersteigt meine Kompetenzen bei Weitem. Für ihre Antwort bedarf es mit Sicherheit einer Petition und einer Volksabstimmung, eines Gesetzentwurfes und eines Bundestagsbeschlusses. Die Raben werden noch einige Jahre fliegen müssen. Wie soll ich ihm das erklären?

Seine Hand ist schwer und rüttelt an meiner Schulter. „Adelei?" Das Rütteln wird unangenehm. Ich versuche die Hand abzuschütteln, da versetzt er mir eine Ohrfeige. Ich fahre auf und blicke in die besorgten Gesichter von Manfred und Hedwig.

„Mensch, was machst du denn für Sachen? Schläfst hier wie ein Bär im Winter?" Hedwig schüttelt vorwurfsvoll den Kopf.

Ich blinzle ins Licht ihrer Lampe. Die Gruppe ist weg, der Fremde auch. Habe ich tatsächlich nur geträumt? Manfred schiebt mich vor sich her ans Tageslicht, Hedwig schaltet die restlichen Scheinwerfer aus.

Oben am Berg krächzen die Raben. Manfred zupft mir ein weißes, lockiges Haar von der Schulter und zwinkert mir zu. „Frohe Weihnachten, Adelei!"

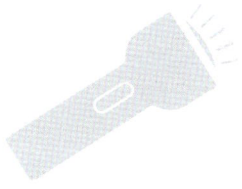

VON WEGEN SCHWARZE KATZE

Darf ich mich zunächst vorstellen? Mein Name ist Samuel vom Wiesenhang. Ich bin ein Exotic-Shorthaar-Perser aus Kindelbrück, oder, falls Sie auf deutsche Begriffe Wert legen: ein exotischer Kurzhaarperser. Ich bin ein typisches Produkt der menschlichen Unzufriedenheit. Als die moderne Welt feststellte, dass die knuddeligen, weichen, langhaarigen Fellknäule mit den breit gedrückten Näschen dummerweise Haare verloren, wurden Kurzhaarperser gezüchtet. Katze gerne, aber Haare auf dem Sofa: nein! Die Angelegenheit mit dem Katzenklo ist schon schlimm genug. Ich wette, die Züchter sind drauf und dran, eine No-Shit-Cat zu züchten, also eine, die nicht mehr kacken muss. Die frisst dann auch nichts mehr, wie praktisch.

Sie vermuten in diesem Rahmen natürlich eine schwarze Katze, aber nein. Mein Fell ist weiß mit leichten grauen Schatten. Meine kurze Nase verursacht Dauerschnupfen, doch nicht – wie oft behauptet – wegen der Reduzierung des Schädelvolumens eine relevante Verkleinerung meines Verstandes. Ich wage zu behaupten, dass mein Gehirn groß genug ist, um zu erkennen, dass bei einer gewissen Gattung von Säugetier das größere Gehirn nicht unbedingt von Nutzen ist.

Doch kommen wir zum Thema. Bisher führte ich ein recht behagliches Leben mit Frauchen. Freigang in den Garten, wann immer ich wollte, Catsbest (= das Beste für die Katze, biologisch einwandfreie Katzenstreu) und Futter aus der Zoohandlung. Jeden Abend kuscheln auf dem Sofa. Einmal die Woche striegeln, zwar nicht ganz so angenehm, weil es manchmal ziept, aber es muss sein. Ab und zu Tierarzt, überhaupt nicht angenehm, muss aber auch sein. Ich kenne Frauchen in- und auswendig, ich weiß genau, wie sie morgens duftet, wenn sie aus dem Bett kommt, dass sie am liebsten barfuß kocht und zur Musik von Clueso tanzt, dass sie gern ein Glas von diesem Rotwein trinkt, den sie extra aus Bad Sulza holt. Sie dagegen kennt mein Lieblingsfutter (lose gestopftes Bratwürstchen) und die Stelle unter meinem Bauch, wo ich beinahe ohnmächtig werde, wenn sie die krault.

Doch seit dem Beginn dieser alljährlichen Räucherkerzen- und Dekowahnsinnszeit streunt hier schon wieder so ein Typ rum, der mir die Show stiehlt. Abends sitzt er schneller auf dem Sofa als ich, er kriegt sein Fresschen zuerst und lümmelt danach mit Bierflasche und Frauchen vor dem Fernseher herum. Sie krault seinen Bauch, nur dass er nicht ohnmächtig wird, sondern aktiv. Ich will jetzt nicht deutlicher werden, denn ich bin adlig und hatte eine gute Kinderstube.

Wenn ich mich mit lautem Miau beschwere, schiebt er mich mit seinem riesigen Fuß zur Seite, als wäre ich ein lästiges Etwas. Und der Fuß – ein alter Emmentaler duftet dagegen! Ständig klebt sie mit ihren Lippen an seinem Mund, einfach eklig. Mich beachtet sie kaum noch. Das kommt mir alles sehr bekannt vor, das hatten wir schon mal.

Gestern Abend haben sie mich im Garten vergessen. Erst als ich einen Blumentopf von der Fensterbank schubste, hörte ich ihren Aufschrei: „Ach, der Sam! Der ist ja noch draußen!"

Ich glaubte meinen Ohren nicht trauen zu können, als der Typ sagte: „Lass doch das blöde Katzenvieh, Tiere gehören nicht in die Wohnung."

Daraufhin fiel der zweite Blumentopf und ich bekam zum ersten Mal böse Worte von Frauchen zu hören. „Was machst du denn, Sam? Das passiert dir doch sonst nicht!"

Sonst wurde ich ja auch nicht vergessen. Immerhin durfte ich hinein, aber der Typ verfolgte mich mit einem Blick, heiliger Katzenschwanz! Ich musste etwas unternehmen. Ihr Menschen glaubt, eine schwarze Katze von links bedeutet Unglück. Da habt ihr aber noch keinen weißen Kater gesehen, dem es völlig egal ist, aus welcher Richtung er kommt!

Ich verzog mich ins Körbchen und grübelte. Das letzte Mal war es einfacher. Der Kerl brachte eine Katzenhaarallergie mit und ein schweres Keuchen, sie nannten es Asthma. Ich musste mich nachts nur anschleichen und quer über sein Gesicht legen. Er hat ein bisschen gezuckt und geröchelt, dann war es erledigt. Frauchen war ein paar Tage betrübt, aber im Trösten bin ich gut. Doch nun das hier ... Dieser Typ ist eine echte Herausforderung, er scheint kerngesund zu sein. Ich muss seine Schwachstelle finden. Vielleicht die Unmengen an Bier, die ihm Frauchen ständig aus dem Keller hochschleppt?

Heute Morgen hat er diesen Baum aufgestellt, den ich nicht markieren darf, obwohl er nach Konkurrenz stinkt, von dessen glänzenden Kugeln mich jedes Jahr so ein blöder Kater anglotzt, dem ich aber nicht zeigen darf, wer hier der Chef ist. Ist jedes Jahr eine harte Zeit, zumal dieses elende Gewächs mehr Nadeln abwirft als ich Haare. Die Dinger pieksen gemein, wenn man sie im Fell hat.

Am Abend ist Frauchen fertig mit dem Klunkerkram, alles hängt an Ort und Stelle. Auch der Glotzkater ist wieder dabei, er stiert im Schein der vielen Kerzen aus den Kugeln heraus. Ich zeige ihm meine Krallen und kriege eine freundliche Verwarnung von Frauchen. Sie tippt dem Glotzer auf die Nase und erzählt irgendwas von Lauscha, dabei lauscht der nicht nur.

Der neue Typ allerdings glaubt sich auf der Siegerseite. Als Frauchen in der Küche ist, um ihm sein Fresschen zu kochen, packt er mich im Genick und setzt mich vor die Terrassentür.

„Komm, alte Haarschleuder, schnapp noch ein bisschen frische Luft, das wird dir guttun!"

Es ist hundekalt draußen, erst recht für einen Kater mit extra kurzem Perserfell. Ich fürchte, meine Pfoten frieren fest. Der Lauscha-Glotzkater im kuschlig warmen Wohnzimmer lacht sich wahrscheinlich Motten in den Pelz. Na warte, du elender, räudiger ...

Wut macht mich kreativ. Das Kellerfenster steht auf Kipp, ich schlängle mich hindurch und springe in die Kammer mit den Gartengeräten. Ein Harken mit Stahlzinken blinkt mich von der Wand her an. Ihn umzuschubsen ist kein Problem, ihn so aufzufangen, dass er beim Aufprall keinen Krach macht, dagegen schon. Aua! Meine Rippen schmerzen, aber das ist ein geringer Preis. Ich zahle ihn gern, die Vorfreude legt meine Beißerchen frei, ein wohliges Knurren kommt aus meinem Bauch. Lege sich niemand mit einem weißen Perserkater an. Nach ein bisschen Klinkenspringen und Schieben und Schubsen liegt der Harken da, wo er hin soll.

Mein Plan geht in Phase zwei: Ich eile die Kellertreppe hinauf und kratze an der Tür. Nach einer Weile öffnet sie sich und Frauchens bloße Füße stehen vor mir. „Nanu, Sam? Wo kommst du denn her?"

Ich würde es ihr sagen, aber ich kann nicht. Ein herrlicher Duft nach gebratenen Würstchen umweht meine Nase. Mmmmh. Ich streiche ihr einmal um die nackten Beine.

Sie zieht die Pfanne vom Herd und geht ins Wohnzimmer:

„Bärchen, weißt du, wie der Kater in den Keller kommt?" Bärchen stellt sich natürlich dumm, wobei ich befürchte, er stellt sich nicht.

„Kannst du schon mal die Kerzen anzünden? Es gibt gleich Abendbrot."

Der Typ beugt sich vor und greift nach dem Feuerzeug. Ich nutze den Moment, um Frauchens Hausschuhe unauffällig unter den Baum zu ziehen, hinter die bereits aufgestellten Geschenke. Eines riecht nach billigem Parfüm, bäh! Das mittlere ist bestimmt für mich, es duftet nach Zoohandlung. Am liebsten würde ich mal die Kralle ansetzen, aber ich habe eine Mission zu erfüllen. Der Glotzkater starrt mich fragend an, leck mich!

Frauchen bringt Teller und Besteck, dann die langen, knusprig gebratenen Thüringer Würstchen auf einer Platte. Ich rieche sofort, es sind die locker gestopften, beim Fleischer um die Ecke gekauft, nicht etwa im Supermarkt. Winzige Fettfontänen sprudeln aus der heißen Haut, zarte Rauchwölkchen steigen auf und verteilen diesen unvergleichbaren Duft im Zimmer.

„Wo sind denn meine Hausschuhe?" Frauchen sieht sich suchend um. „Bärchen, könntest du mal in den Keller gehen? Es fehlt nur noch das Bier."

Stinkfuß-Bärchen knurrt irgendwas, ich lege die Ohren an, ducke mich, schiebe die Krallen in den Teppich. Tatsächlich, er steht auf und schlurft zur Kellertür. Heiliger Katzenschwanz, jetzt gilt es!

Er öffnet die Tür, tastet nach dem Lichtschalter und poltert die Stufen hinab. Ich schieße los, wie ein weißer Pfeil sause ich hinterher und ihm zwischen die Beine, eine Taktik, wie sie nur wir Katzen beherrschen. Im richtigen Moment zwischen die Füße eines Zweibeiners zu gelangen, ohne dabei selbst Schaden zu nehmen, will gelernt sein. Einen Fuß hat der Typ auf der unteren Stufe, den anderen will er nachziehen, geht nicht, da bin ich. Er rudert mit den Armen, schafft es noch, einen Fluch auszustoßen, den ich hier nicht wiedergeben will, schließlich bin ich adelig und hatte eine gute Kinderstube.

Dann verliert er das Gleichgewicht, ich winde mich galant zwischen seinen haltlos strampelnden Beinen hindurch und eile zurück ins Wohnzimmer.

Frauchen steht mit offenem Mund am Tisch und lauscht dem anhaltenden Gepolter, bis eine (für sie) unheilvolle Stille einsetzt. Dann rennt sie los.

Den Rest können Sie sich denken. Ich wette, Sie wollen ihn trotzdem hören, äh ... lesen. Na gut, Sie haben schließlich dafür bezahlt.

Die Thüringer Würstchen waren super. Ich hab allerdings nur zwei geschafft. Die anderen teilten sich der Notarzt und der Bestatter. Sah spektakulär aus, wie sie den Kerl die Treppe herauf gehievt haben. Frauchen ist mal wieder untröstlich, da liegt eine Menge Schmusearbeit vor mir.

Ich wüsste gern, ob sie ihn mit dem Harken im Schädel begraben oder ob sie den vorher raus hebeln. Ich würde sie fragen, aber ich kann nicht. Der Glotzkater grinst mich unentwegt an. Soll er. Heute bin ich großzügig.

KILOMETER SECHSUNDFÜNFZIG

„Wir drehen noch eine Runde durchs Rieth, dann ist Schluss für heute." Marko rückt seine Uniformmütze zurecht. „Ich muss noch ein Geschenk für Anne besorgen."

„Immer auf den letzten Pfiff, was?" Jona lenkt den Wagen in die Mittelhäuserstraße. Es ist ruhig in der Landeshauptstadt, die meisten Menschen sind mit Baumschmücken und Gänsefüllungen beschäftigt. Ein leichter Nieselregen lässt noch keine richtige Weihnachtsstimmung aufkommen. Doch die Temperaturen liegen nur knapp über null Grad, gut möglich, dass es heute noch schneit.

„Ja, ich weiß halt nie, was ich kaufen soll. Sie hat doch alles. Am Ende wird's wieder ein Parfüm. Die Frage ist nur, welches?"

„Deine Probleme möchte ich haben", knurrt Jona.

Marko schlägt sich die Faust aufs Knie. „Verdammt! Mensch, tut mir leid. Ich wollte nicht ..."

„Lass gut sein."

„Willst du dich nicht langsam mal nach einem Mädchen umsehen? Das täte dir gut. Meine Cousine zum Beispiel ..."

„Ich sagte, lass gut sein!" Jona greift nach dem Funkgerät. „Paula zwei an Zentrale. Wir verlassen das Rieth über die Nordhäuser Straße und beenden die Streife. Gibt es noch was?"

Es knackt im Lautsprecher. „Paula zwei, hier Zentrale. Nein, alles in Ordnung. Schöne Weihnachten euch beiden!"

Jona setzt den Blinker und ordnet sich links ein. Die Ampel zeigt rot. In die Stille im Wagen platzt erneut die Stimme des Einsatzleiters. „Zentrale an alle Wagen in der Nähe der Nordumfahrung. Augenzeugen melden eine Frau mit Kind auf der A71, Kilometer 56 zwischen Erfurt Nord und Gispersleben. Wer ist in der Nähe?"

Jona sitzt plötzlich kerzengerade. Er legt den rechten Arm um Markos Kopfstütze, sieht über die Schulter und setzt den Wagen zurück. Dann schaltet er das Blaulicht ein und schiebt sich zwischen die rollenden Fahrzeuge auf dem Rechtsabbiegerstreifen.

„Was machst du?", ruft Marko.

Jona greift nach dem Funkgerät. „Paula zwei an Zentrale. Wir übernehmen."

„Zentrale an Paula zwei. Habt ihr nicht Feierabend? Ich schicke Paula sieben, die sind ohnehin am Zoopark unterwegs."

„Nein, wir machen das."

Marko sieht seinen Kollegen von der Seite an. Dann dämmert es langsam bei ihm. „Kilometer 56, das war doch ..."

„Genau." Jona gibt Gas. Vor ihnen rollen die Autos auseinander wie Wassertropfen auf der Windschutzscheibe.

Marko schüttelt den Kopf. „Was glaubst du, was es bringt, wenn du da jetzt hinfährst?"

„Keine Ahnung, es ist so ein Gefühl. Ich habe heute Nacht schon etwas Komisches geträumt."

„Vielleicht, weil es heute genau ein Jahr her ist." Marko sieht aus dem Seitenfenster, Jona antwortet nicht. Links rauscht der Rote Berg vorbei. Die riesigen Plattenbauten sind mit Lichterketten bestückt, in dem blinkenden Lichtermeer aus Blau und Rosa, Grün und Gelb fällt das Blaulicht kaum auf.

Jona fährt auf die B7 Richtung Sangerhausen und tritt das Gaspedal durch.

Markos Blick fällt auf das Thermometer. „Nur noch ein Grad. Die Nässe überfriert wahrscheinlich bald. Der Winterdienst ist auch noch nicht durch."

Jona scheint ihn nicht zu hören. Zwischen seinen Augenbrauen steht eine tiefe Falte. Am Kreuz Erfurt Nord biegen sie auf die Autobahn und rasen mit heulender Sirene in Richtung Stotternheim. Kilometer 52, Begrenzungssteine wischen vorüber, die Scheibenwischer quietschen klagend, Kilometer 54.

„Du musst langsam Gas wegnehmen!"

„Ich weiß, wo sie sind."

Marko sieht ihn fragend an, beschließt dann, den Mund zu halten. Soll er doch machen. Hauptsache, er kommt noch vor Ladenschluss in die Innenstadt.

Kilometer 56. Die Autobahn krümmt sich leicht nach links weg. Dahinter freies Feld, kahler Acker bis nach Mittelhausen, dessen Umrisse sich heute kaum aus dem trüben Licht des Tages herausschälen. Das Auto rollt auf dem Standstreifen aus. Jona schaltet den Motor ab. „Warte hier!"

Marko nickt stumm. Draußen schweben die ersten Schneeflocken vom Himmel. Letztes Jahr um diese Zeit hatte es stärker geschneit, innerhalb weniger Minuten lagen die Straßen unter einer dichten Schneedecke. Jonas Frau Sarah musste einem schlingernden LKW ausweichen, als sie mit der kleinen Emily von den Großeltern kam. Die Reifen ihres Opels verloren den Halt, sie prallte gegen die Leitplanke und stieß anschließend mit dem LKW zusammen. Sarah und Emily verbrannten im Auto, bei Kilometer 56, an Heiligabend um 15.30 Uhr.

Marko sieht auf die Uhr. Es ist 15.31 Uhr. Jona läuft auf dem Standstreifen. Die weißen Flocken wirbeln jetzt dichter, Marko beugt sich vor, um ihn besser sehen zu können und erstarrt. „Das gibt's doch nicht!", stößt er hervor. Dann öffnet er langsam die Wagentür und steigt aus.

Nur wenige Meter vor dem Streifenwagen steht eine Frau hinter der Leitplanke, neben dem hölzernen Kreuz, das Jona kurz vor Silvester letzten Jahres hier eingeschlagen hat. Sie sieht zart und durchsichtig aus, unwirklich. An der Hand hält sie ein kleines Mädchen mit einer dicken blauen Wollmütze. Das Licht der Rundumleuchte zuckt über die Szenerie und baut eine undurchdringliche Glocke aus wirbelnden Eiskristallen um sie herum.

„Papa!", ruft das Mädchen. „Ich hab dich vermisst!"

Jona sackt in die Knie und streckt seinen Arm aus. „Ich dich auch, Emmi." Seine Hand zittert.

„Es geht uns gut. Das wollten wir dir sagen." Sarah spricht leise, aber deutlich. Sie lächelt. „Du kannst loslassen, Jona. Lebe dein Leben, genieße es."

Marko schluckt. Er möchte sich in den Arm kneifen, aber er wagt nicht, sich zu rühren. Irgendwo hinter ihm fährt ein Streuwagen vorüber. Es klingt gedämpft, als hätte er Watte in den Ohren.

Jonas Hand schiebt sich nach vorn, das Mädchen beugt sich über die Leitplanke. Kurz bevor die Lücke zwischen ihren Fingern sich schließt, dreht die Frau sich um und zieht das Kind hinter sich her. Sie verschwinden hinter der Wand aus blau zuckendem Licht und wirbelndem Schnee.

Jonas Kopf sackt nach vorn, er stützt sich mit beiden Händen auf dem Asphalt ab.

Marko geht mit weichen Knien um den Wagen herum, setzt sich hinters Lenkrad und fährt mit offener Beifahrertür die paar Meter nach vorn. „Steig ein, Kumpel", sagt er und seine Stimme klingt brüchig. „Steig ein."

WÖLFE

Nach der letzten Kurve taucht Crawinkel hinter dem Wald auf. Zwischen den Bäumen liegt eine dünne Schneedecke. Zu wenig für Langlauf, vielleicht gibt es in Oberhof etwas mehr Schnee. Wenn nicht, wird Lisa wandern gehen. Hauptsache draußen, saubere Luft nach fast einem Jahr in Frankfurt City, endlich Bäume statt Wolkenkratzer.

Schon am nächsten Tag ergibt sich Gelegenheit. Die Mutter will die Gans vorbereiten und lässt sich wie immer nicht dabei helfen. Ihr Vater stielt den Baum ein, eine prächtige Fichte, kompakt gewachsen und duftend.

„Ich laufe mal meine alte Strecke!", verkündet Lisa nach dem Mittagessen.

Ihr Vater blickt auf: „Sei vorsichtig! Du weißt …"

„Ach, Papa. So viel Glück hat niemand, die Wölfin zu Gesicht zu kriegen."

Die Mutter lässt das Kartoffelmesser sinken: „Pass trotzdem auf! Und bleib nicht so lange. Wir schneiden heute den Weck an."

Lisa rennt los, die Mütze tief ins Gesicht gezogen, sie will nicht erkannt werden. Mit den Leuten tratschen kann sie Heiligabend nach der Christmette, wenn alle auf dem Kirchplatz stehen. Sie läuft zügig und ist am Waldrand leicht außer Atem. Der Boden ist gefroren, die Luft kalt und klar. Sie bleibt stehen und schaut über den Ort. Die Kirche erkennt sie an ihrem dunklen Dach, rechter Hand dehnen sich die weitläufigen Koppeln der Thüringeti. Braune Wildpferde, daneben gedrungene Rinder mit lockigem Fell, robust und sich selbst überlassen bleiben sie auch im Winter auf der Weide. Über Oberhof hängen dicke graue Wolken, Schnee wäre gut für den Biathlon-Weltcup.

Sie dreht sich um und taucht ein in die Welt der dicken grauen Buchen und der schlankeren Fichtenstämme. Die Nadelbäume sehen noch einigermaßen gesund aus. Nur vereinzelt abgestorbene Äste, selten ein toter Baum, ihr Wald scheint vergleichsweise glimpflich davongekommen zu sein. Hier kennt sie jeden Baum, steuert den dicken Eichenriesen an, der links in Richtung Bahnstrecke steht. Unten im Stamm ist ein Hohlraum, in dem sie früher ihre kleinen Geheimnisse aufbewahrte.

„Hallo Frau Eiche!", flüstert sie und streicht über die Borke. „Geht es Ihnen gut?" Sie legt ihr Ohr an die Rinde, doch Frau Eiche schweigt, verharrt im Winterschlaf. Mit wichtigtuerischem Gekrächze meldet der Eichelhäher den Ankömmling. In der Nähe knackt Holz, wahrscheinlich ein Reh, das schnell das Weite sucht.

Sie geht zurück auf den Weg, wo sie sich zumindest für Menschenohren lautlos bewegen kann. Schon bald kommt sie an einen Holzeinschlag, der Weg ist von knietiefen Gleisen überzogen, wie sie nur ein Harvester erzeugen kann. Zum Glück herrscht Frost, sonst würde sie im Schlamm stecken bleiben. Hier ist der Wald kaum wieder zu erkennen. Drei, vier einzelne Kiefern ragen wie riesige Zahnstocher in die Höhe, schwanken hilflos im leichten Wind. Alle anderen Bäume sind Opfer des Stämme fressenden Ungetüms geworden, das in Nullkommanichts einen Baum in seinen nackten Stamm und einen armseligen Haufen Äste zerlegt und ganz nebenbei aus dem Waldboden eine Kraterlandschaft macht.

Wo sind die drei Ahornbäume, die so dicht ineinander verwachsen waren, dass keine Kinderhand zwischen ihre Stämme passte? Vater nannte sie die siamesischen Drillinge. Sie läuft an dem Kahlschlag entlang, stolpert mehrfach über die kreuz und quer liegenden Äste, die heutzutage niemand mehr wegräumt oder verwertet. Am Ende der Rodung hat sie den Weg verloren, er ist einfach verschwunden. Vor ihr wächst dichtes Unterholz zwischen glatten Buchenstämmen. Das ist ihr noch nie passiert, in ihrem Wald verläuft sie sich doch nicht!

Leichtes Schneetreiben setzt ein und sie bemerkt erst jetzt, wie der Himmel sich eingetrübt hat. Aufmerksam betrachtet sie die Stämme. Moos wächst immer auf der Wetterseite, Richtung Westen. Dort müsste sie auf die Bahnstrecke stoßen, an der der Hauptweg verläuft. Mit den Ellenbogen kämpft sie sich durch die mannshohen Buchenkinder. Weiter vorn im Wald hört sie lautes Rascheln. Sie lauscht eine Weile und geht dann vorsichtig darauf zu. Durch die jungen Bäumchen schimmert eine kleine Lichtung, die ein umgestürzter Baumriese hinterlassen hat. Sie duckt sich hinter den gefallenen Baumstamm und grinst freudig überrascht. In einer großflächigen Pfütze suhlt sich wohlig grunzend eine Bache mit einer Handvoll halbwüchsiger Frischlinge. Im Hintergrund schaufeln etliche Überläufer mit ihren spitzen Schnauzen Laub beiseite.

Der Wind scheint günstig zu stehen, die Schwarzkittel wittern sie nicht. Sie freut sich darauf, ihrem Vater davon zu erzählen. Inzwischen fallen größere Flocken und bleiben direkt vor ihrer Nase auf der Baumrinde liegen. Plötzlich springt die Bache auf und grunzt böse. Die Frischlinge heben die Köpfe.

Lisa wagt nicht, sich zu rühren. Ist sie entdeckt worden?

Aber der Blick aus den tief liegenden Schweinsaugen geht nach rechts, wo der umgestürzte Baum seine meterhohe Wurzelscheibe in den Himmel streckt. Als sie ihm folgt, stockt ihr der Atem. Direkt neben dem Geflecht aus Wurzeln steht ein großes graues Tier, mit angelegten Ohren, leicht zum Sprung geduckt und die Blicke aus senffarbenen Augen auf die Frischlinge fokussiert.

Die zahlreichen Presseartikel der letzten Monate schießen ihr durch den Kopf. *Wer reißt Fohlen auf den Wiesen von Crawinkel? Wolf oder freilaufender Hund?* Dieser Jäger hier ist mit Sicherheit kein Hund. Die lange Schnauze endet mit einer schwarzen Nase, die vor Erregung zittert, das dichte Fell im Nacken ist aufgerichtet wie ein Kragen. Eine Ameisenarmee krabbelt über Lisas Rücken, erzeugt eine Gänsehaut, die nichts mit dem dichter werdenden Schneetreiben zu tun hat. Der graue Räuber fixiert nach wie vor die Frischlinge, hebt dabei in Zeitlupe eine Vorderpfote und schiebt sie ganz langsam nach vorn.

Das ist der Moment, in dem die Bache reagiert. Sie quiekt durchdringend, wendet ihren massigen Körper und rennt erstaunlich flink in entgegengesetzter Richtung davon. Die Überläufer und die Frischlinge folgen ihr in wilder Unordnung.

Der Wolf bewegt sich gelassen hinterher, er springt galant über die feuchte Suhle hinweg. Lisa sieht ganz kurz Zitzen im Bauchfell aufblitzen. Es ist also die Wölfin, die seit Jahren Bauern und Wildhüter verunsichert, die sich zunächst mit einem Hund paarte, inzwischen aber mit einem Wolf zusammen reinblütige Welpen großzieht.

Lisa lugt über den Stamm. Am Rande der Lichtung bleibt die Wölfin stehen, dreht sich um und sieht ihr direkt in die Augen. Die Iris leuchtet vor dem kurzen grauen Fell des Kopfes wie Bernstein. Nur kurz währt der Blickkontakt, aber Lisa glaubt zu verstehen: Ich kehre zurück, ich finde dich. Dann verschwindet das Tier mit einem Satz im Gestrüpp.

Gleichzeitig setzt im Unterholz hinter der Lichtung panisches Quieken ein. Lisa reckt sich, versucht mehr zu sehen und begreift: Die Wölfin hat die Rotte in die Falle getrieben, der Rest des Rudels wartete im Unterholz. Was hatte der Vater am Telefon von der Wolfsfamilie berichtet? Waren es drei Welpen oder vier? Sie müssen inzwischen schon halbwüchsig sein, der Wolfsrüde ist sicher auch dabei.

Die Angst kommt mit einem Schlag. Dumpf, schwer und dunkel legt sie sich auf ihr Herz und lähmt ihr die Glieder. Was soll sie tun? Weglaufen? Oder warten, bis das Rudel satt ist? Der Vater hatte immer geschimpft auf die Panikmacher, die alle Wölfe sofort erschießen wollten. „Ein Wolf greift niemals einen Menschen an, wenn er leichtere Beute haben kann." Doch was ist die leichtere Beute? Die Rotte mit der wütenden Bache oder das verängstigt im Wald hockende Menschlein?

Ohne viel Hoffnung zieht sie ihr Handy aus der Tasche. Hier im Wald gab es noch nie Netz. Sie stellt fest, dass sich daran nichts geändert hat. Ihre Angst wächst erneut, als sie die Uhrzeit sieht. Bei diesem Wetter dämmert es in einer halben Stunde. Schon jetzt kann sie kaum drei Meter weit sehen, weil die Flocken groß und dicht fallen. Wohin gehen? Die Bahnstrecke liegt in der Richtung, in der die Wölfe gerade ihre Schweinelende verzehren. Sie muss einen Umweg laufen.

Sie hält sich links, versucht, den Kahlschlag wiederzufinden. Dort hätte sie bessere Sicht und würde den Weg des Harvesters zurückgehen. Vielleicht findet sie auch ihre eigenen Fußspuren, doch die sind wahrscheinlich bereits zugeschneit. Stattdessen sieht sie plötzlich eine andere Spur vor sich auf dem Waldboden. Eine herzförmige Mulde, am oberen Rand umlaufen von vier bohnengroßen Abdrücken, Wolfsspuren.

Noch nicht zugeschneit. Daneben weitere, etwas kleiner. Sie sieht sich um, versucht mit geschärftem Blick das Schneetreiben zu durchdringen, lauscht dabei. Der Schnee nimmt nicht nur die Sicht, er schluckt auch alle Geräusche. Die Stille drückt auf die Ohren, ihr Wald schweigt.

Sind das noch die vertrauten Buchenstämme inmitten des Unterholzes? Reglos und schwarz stehen sie zwischen den wirbelnden Schneeflocken. Hinter jedem von ihnen könnten sie lauern. Sie fühlt wieder die Gänsehaut auf dem Rücken und dreht sich hastig um. Auch dort sieht der Wald dunkel und bedrohlich aus.

Da rennt sie los, obwohl sie genau weiß, dass es falsch ist. Rennen bedeutet Angst, Unterwerfung, bedeutet Panik, keinerlei Orientierung, kein Nachdenken. Doch sie kann nicht anders. Sie rennt und rennt, bis ihre Muskeln brennen, ihr Gesicht zerkratzt ist von peitschendem Gestrüpp. Knackende Äste, knirschender Schnee, raschelndes Laub, keuchender Atem, tanzende Flocken, sie sieht nichts, sie hört nichts, außer sich selbst. Dann stolpert sie in eine tiefe Fahrspur, knickt mit dem Fuß um und stürzt.

Einen Moment bleibt sie mit geschlossenen Augen liegen, atmet heftig, wartet. Sie denkt an die Frischlinge. Es riecht nach Moder und Erde, der Boden unter ihr ist bucklig und hart. Als sie die Augen öffnet, sieht sie Schneekristalle lautlos aufsetzen auf dunkelbraunem Laub. Vorsichtig richtet sie sich auf, bewegt die Füße. Es scheint alles heil zu sein. Sie erkennt die Gleise des Harvesters, den Kahlschlag.

Als Lisa sich langsam umdreht, steht die Wölfin zehn Schritte entfernt neben einem grauen Buchenstamm. Ihre Bernsteinaugen funkeln: Siehst du, ich habe dich gefunden. Die Dunkelheit kriecht zwischen den Bäumen hervor. Doch da ist noch etwas, Lisa kneift die Augen zusammen. Ein kleinerer Schatten.

Ein halbwüchsiger hellgrauer Wolf schleicht heran und bleibt sofort stehen, als seine Mutter den Kopf dreht. Ein weiteres

Jungtier taucht auf, es ist dunkler, beinahe rötlich. Lisa kann einfach nicht wegsehen, ihre Füße scheinen festgefroren. Sie sind wunderschön, die jungen Wölfe, langbeinig und tapsig, in ihren Augen leuchten Abenteuerlust und Neugier. Hinter einer Dreiergruppe Buchen bewegt sich ein großer Schatten, kommt aber nicht näher. Sie werden ihr nichts tun.

Sie dreht sich um und geht. Ihre Knie sind wacklig, sie muss aufpassen, nicht erneut zu stürzen. Als ihre Hände anfangen zu flattern, verschränkt sie die Arme fest vor der Brust. Unter der Daunenjacke schlägt ihr Herz wie ein Hammerwerk. Am Ende des Kahlschlages blickt sie noch einmal zurück. Der Schnee bringt die Dämmerung vom Himmel und verdeckt gnädig die grässliche Wunde des Waldes. Von den Wölfen ist nichts zu sehen, doch sie weiß, sie sind dort und beobachten sie.

Crawinkel erinnert vom Waldrand her an eine kitschige Weihnachtspostkarte. Im milchigen Weiß des Schneetreibens sitzen die Lichttupfer der Straßenlampen und die Lichterketten an den Dachfirsten leuchten wie Kometenschweife. Hinter ihr liegt der Wald schwarz und düster, es ist ihr Wald und es sind nun auch ihre Wölfe.

Lisa kann nicht anders, sie beginnt zu singen. Erst leise, dann immer lauter: „Oh du fröhliche, oh du selige, gnadenbringende Weihnachtszeit ..." So läuft sie, immer schneller, den Lichtern entgegen, rennt die Hauptstraße hinab und reißt die Haustür auf, aus der ihr der Duft nach frischem Wecken entgegen strömt. Und während Mama die Hände über dem Kopf zusammenschlägt – „Meine Güte, wie siehst du denn aus?" – und Papa sich mit gerunzelter Stirn aus dem Sessel erhebt, keucht sie mit einem breiten Grinsen im Gesicht: „Das werdet ihr nicht glauben!".

GUTSHAUS MIT KAMIN

Annes Augen leuchten auf, als das Auto den Waldweg verlässt und hinter den kahlen Bäumen ein kupferrotes Dach zum Vorschein kommt. „Ich kann es noch immer nicht glauben. Wir sind Hausbesitzer."

„Haus?", fragt Joshua mit hochgezogenen Augenbrauen. „Es ist ein Schloss!" Der Wald öffnet sich und gibt den Blick frei auf eine zerfallende Mauer aus Kalksteinen, in die ein rostiges Gittertor eingelassen ist. „Sieh nur, diese alten Steine. Früher hielten sie Feinde davon ab, die Prinzessin zu rauben."

Anne lacht: „Heute hätten sie leichtes Spiel."

Joshua wird ernst. „Wir bauen nach und nach alles auf. Aber es braucht Zeit. Zunächst kümmern wir uns um das Haus." Er stoppt den BMW vor dem Tor. „Machst du auf?"

Anne springt aus dem Auto und öffnet den quietschenden Flügel. Als sie wieder einsteigt, sagt sie: „Hier muss ein Motor dran mit Fernbedienung und eine Kamera, damit wir immer sehen können, wer uns besucht."

Joshua lacht: „Ein bisschen Öl reicht für den Anfang."

Hinter zwei dicken Kastanienbäumen rückt die Fassade des alten Landgutes in den Blick. Glatt behauene, helle Kalksteine, hohe, verwitterte Bogenfenster mit Sprossen. Eine symmetrische Front mit einer zweiflügeligen Haustür in der Mitte, fünf spitze Erker auf dem Dach. Auf der rechten Seite schließen sich Wirtschaftsgebäude an, die Joshua zu Garagen umbauen will. Links gab es früher einen großen Wintergarten, jetzt ist da nur noch eine Terrasse.

Joshua fährt vor die moosbewachsene Treppe, schaltet den Motor aus und schließt kurz die Augen. „Was, wenn das alles nur ein Traum ist?", fragt er leise.

„Es ist ein Traum, Schatz, aus Stein und Parkett und hohen Fenstern. Genauso, wie wir es immer wollten. Jetzt komm!" Anne küsst ihn auf die Wange und steigt aus. Sie hüpft die Treppe hoch und rüttelt an der Tür. Als er sich immer noch nicht rührt, hebt sie die Schultern. „Was ist? Den Schlüssel hast du!"

Plötzlich hat er das Gefühl, einen Fehler gemacht zu haben. Dieses Haus ist viel zu groß für sie beide, es ist viel zu alt, viel zu marode und viel zu weit weg von Erfurt. Als er aussteigt und zur Treppe geht, scheint es, als wolle das Haus ihn nicht. Es droht ihm mit bösen Blicken. Seine Hand zittert, als er den Schlüssel aus der Tasche zieht. Doch die dicke Holztür öffnet sich mühelos, sogar ohne das erwartete Knarren.

Anne huscht hinein und greift nach dem Lichtschalter neben dem Eingang. Ein glitzernder Kronleuchter erhellt den Korridor. Joshua kennt das Haus schon länger, er hat es im Sommer besichtigt. An Annes dreißigstem Geburtstag im Oktober hat er ihr dann Fotos gezeigt und den Kaufvertrag. Seitdem suchten sie Wandfarbe aus und Möbel und Teppiche. Anne konnte an nichts anderes mehr denken, jeden Abend saß sie über dem Grundriss und plante.

Zwei Zimmer, die Küche und ein Bad im Erdgeschoss sind inzwischen nutzbar. Alles andere werden sie nach und nach renovieren.

Doch erst einmal verbringen sie Weihnachten hier, zu zweit. Joshua ist froh, das sonst so hektische Fest mal ganz in Ruhe und ohne seine kreischenden Neffen und Nichten verbringen zu können.

Anne besichtigt das großzügige Wohnzimmer gleich links neben dem Eingang. „Es wirkt immer noch geräumig, obwohl wir diese riesige Couch gekauft haben. Und der Rosenholzton passt besser, als ich dachte." Sie tänzelt über das Eichenparkett wie eine Elfe. „Schatz sieh nur, der Kamin! Wie neu, als ob ihn nie jemand benutzt hat."

Die Schamottesteine an der Rückwand der mit Marmor ummauerten Feuerstelle sind hell wie Eierschale, der Rost blitzblank, als könne man davon essen.

„Der Makler hat alles reinigen lassen." Joshua pfeift anerkennend durch die Zähne. „Wirklich gründlich."

Anne wirbelt an ihm vorbei. Gegenüber liegt das Schlafzimmer mit einem breiten Boxspringbett. Der eingebaute Kleiderschrank lauert mit Schubladen, Stangen und Böden. Sie wird ihn in Nullkommanichts voll kriegen. Doch nun läuft sie den Korridor nach hinten, an dem breiten Treppenaufgang mit einem kunstvoll gedrechselten Geländer vorbei, dessen Anfangspfosten zwei hüfthohe, demütig blickende Elefanten bilden.

In der Küchentür bleibt sie stehen. „Perfekt, Schatz! Ein Traum."

Muss auch, denkt Joshua. Für das Geld hätte ich den Porsche gekriegt, der bei Automüller vorn im Schauraum steht.

„Der Kühlschrank ist leer. Wir sollten gleich noch mal los. Bevor die Läden schließen." Anne inspiziert den Tiefkühler. „Zwei Pizzen. Margherita und Vier Käse. Immerhin."

„Was hältst du davon, wenn ich losfahre und einkaufe, während du schon die Pizzen in den Herd schiebst und die Koffer auspackst?"

Anne zögert.

Einen winzigen Moment nur, doch er bemerkt es. „Hast du Angst, allein?"

„Quatsch. Niemals. Bring Wein mit und Salat. Und was fürs Frühstück." Wenig später zerrt sie die Koffer ins Schlafzimmer. Es ist kalt im Raum, sie kann ihren Atem sehen. Unter dem Fenster, hinter dem sich schon die Dämmerung bemerkbar macht, hängt ein altmodischer Heizkörper aus verschnörkeltem Gusseisen. Ein Thermostat kann sie nirgends entdecken.

„Der muss doch irgendwo einzuschalten sein?", murmelt sie und tastet hinter dem Rohr, das seitlich aus der Wand kommt. Ein scharfer Metallgrat reißt ihr den Finger auf. „Autsch!" Wütend tritt sie vor die Rippen. Ein hoher Ton hallt durch den Eisenkörper, der vom Rohr weitergeleitet wird und durch das ganze Haus wandert. Noch Sekunden später hört sie den Nachklang in der oberen Etage.

Sie wühlt mit der unversehrten Hand im Koffer. Wo ist die Tasche mit der Hausapotheke? Als der Finger stärker zu bluten beginnt, wickelt sie ein Taschentuch darum. Ihr Blick fällt auf eine Tür neben dem Kleiderschrank. Dort muss das Bad sein. Es ist nicht so modern wie die anderen Räume. Vielleicht fand der Vorbesitzer die nostalgischen Wasserhähne und die hohe Badewanne auf ihren Löwenpranken schön. Immerhin hängt ein Medizinschränkchen an der Wand, in dem sie Pflaster findet.

Sie reißt das Päckchen auf und fährt zusammen, als plötzlich aus dem Wasserhahn das Geräusch dringt, das sie kurz zuvor noch beim Tritt vor den Heizkörper gehört hat. Ein klagendes Heulen, wie von einem Lebewesen. Sie schaut zum Fenster, ob nicht vielleicht in der Ferne ein Autoscheinwerfer Joshuas Rückkehr ankündigt. Doch sie sieht nur ihr eigenes erschrockenes Gesicht. Inzwischen ist es draußen so dunkel, dass die Scheiben wie Spiegel wirken.

Sie schüttelt den Kopf und geht zurück ins Wohnzimmer. Wenn sie ein Feuer anzündet und die Tür offen lässt, wird es vielleicht im Schlafzimmer etwas wärmer. Neben dem Kamin findet sich Brennholz, ordentlich aufgeschichtet. Sie reibt sich die Hände. Feuer anzünden hat sie im Gartenhaus ihrer Großeltern gelernt. Erst dünnes Holz, ein bisschen Papier, dann allmählich dickere Scheite. Sie sucht nach einem Feuerzeug, findet sogar Anzünder. Sorgfältig stapelt sie das Holz der Größe nach, ganz unten liegt das Knäul aus Holzwolle. Sie hält das Streichholz daran und die ölgetränkten feinen Späne fangen sofort Feuer. Sie lächelt zufrieden. Hoffentlich kommt Joshua bald.

Mit gefurchter Stirn steht Anne kurz darauf vor einem Hochglanz-Backofen und versucht, unter unzähligen verschiedenen Einstellungen die Pizzastufe zu finden. Mist! In einer Schublade findet sie eine Handvoll Bedienungsanleitung. Doch ehe sie das alles gelesen hat ...

Ein klirrendes Geräusch lässt sie zusammenfahren. Sie schreit auf, als der Fensterflügel über dem kleinen Esstisch auffliegt. Eine Windböe faucht in den Raum, Laub wirbelt über den Fußboden. Wie erstarrt sieht sie auf den klappernden Flügel. Reiß dich zusammen, denkt sie. Zum Glück ist die Scheibe noch ganz. Sie schließt das Fenster, dessen altmodischer Riegel einen sehr klapprigen Eindruck macht. Ein Gummiring könnte helfen. Suchend sieht sie sich um, eine neue Küche macht so hilflos.

Als sie die Fenster auf Joshuas Handyfotos zum ersten Mal sah, glaubte sie vor Glück zu platzen. Sie träumte von zarten Leinenvorhängen, von mehrarmigen Kerzenleuchtern, die abends ihr warmes Licht über den Rasen vorm Haus sandten.

Zunächst glaubten sie die Fenster erhalten zu können, doch es gibt Vorschriften. Sie sahen schließlich ein, dass die Heizkosten ins Unermessliche steigen würden, wenn sie diese einfachen, zugigen Fenster nicht ersetzten. Die neuen Fenster werden so aussehen wie die alten. Bögen und Sprossen. Das wird zwar teuer, aber Joshua besitzt ein glückliches Händchen bei der Auswahl seiner Aktien.

Wo bleibt er nur? Hinter ihr klirren die dünnen Scheiben erneut. Wo kommt plötzlich dieser Wind her? Am Nachmittag war das Wetter ruhig gewesen. Kurzerhand zieht sie ihr Haargummi aus dem Pferdeschwanz und wickelt es um den Riegel.

Endlich schiebt sie die Pizzen in den Ofen und tippt wahllos auf dem Display herum, bis sie glaubt, der leise summende Ofen tut, was von ihm erwartet wird.

Beißender Geruch dringt ihr plötzlich in die Nase. Der neue Herd? Nein, das ist Rauch! Sie hat vergessen, nach dem Kamin zu sehen. Dicke Schwaden ziehen bereits durch den Korridor, die Treppe hinauf. Das Feuer brennt, aber es qualmt wie ein chinesisches Industriegebiet. Sämtliche Rauchschwaden ziehen quer durchs Zimmer, nichts geht nach oben in den Abzug. Sie hustet und versucht, ein Fenster zu öffnen. Der Flügel direkt neben dem Kamin klemmt und verweigert sich. Erst am dritten Fenster lässt sich der Riegel bewegen. Kalte Luft strömt ins Zimmer und treibt den Qualm zur Decke.

„Meine Güte, Joshua, was treibst du so lange?"

Mit einer Kaminzange trägt sie die glimmenden Scheite zum Fenster und wirft sie ins Gras hinaus.

Als das Auto endlich vorfährt, ist es fast wieder warm im Raum und es riecht nur ein bisschen verbrannt. Das liegt aber auch an der Pizza, die sie vor lauter Kaminproblemen im Ofen vergessen hat.

„Schatz? Was riecht hier so?", ruft Joshua an der Tür.

„Dieser blöde Backofen. Die Pizza ist hinüber. Es sei denn, du stehst auf Pizza Carbonize." Sie läuft ihm entgegen und fällt ihm um den Hals. „Gut, dass du wieder da bist."

Er lacht. „Und gut, dass ich Baguette und Käse mitgebracht habe."

Das Abendessen ist königlich, Käse und Wein am Holztisch in der Küche. Anne erzählt von dem Fenster und Joshua nickt mit besorgtem Blick. Wo sollen sie nur anfangen? Wieder schleicht sich ein ungutes Gefühl in seine Magengegend. Im selben Moment faucht draußen der Wind und es poltert in der Etage über ihnen.

Anne zuckt zusammen und wird blass.

„Der Sturm, Schatz. Ich gehe gleich nachsehen."

Sie räumt den Tisch ab. Als sie den Wasserhahn aufdreht, hört sie es wieder. Das Geräusch wie – ja wie heulender Sturm, schreiende Katzen, wimmernde Kinder? Es dringt aus der Wasserleitung, scheint aber auch in den Heizungsrohren zu sein. Sie schlingt die Arme um den Oberkörper. Jedes Haus hat seine eigenen Geräusche. Sie wird sich daran gewöhnen.

Später schlafen sie eng aneinandergekuschelt auf der Couch ein, Joshua hat die Heizung im Schlafzimmer nicht in Gang bekommen.

Am nächsten Morgen googelt Joshua nach einem Heizungsinstallateur, der ihnen noch vor dem Fest helfen kann, und Anne fährt zum Bäcker.

„Vier Semmeln bitte."

„Sie meinen Brötchen?", fragt die Bäckersfrau und lächelt freundlich.

„Ja, natürlich. Vier von denen mit Körnern."

„Sie sind nicht von hier?" Die Frau greift nach der Papiertüte.

„Nein, aus Erfurt. Wir haben das alte Gutshaus gekauft."

„Oh." Die Frau lässt Hände und Kinnlade sinken. „Das Haus des Richters …"

„War der Vorbesitzer Richter? Interessant. Wir wissen leider nichts über das Haus, der Makler hatte auch keine Ahnung."

„Das ist schon ewig her." Die Frau knüllt die Tüte zu und legt sie auf die Theke. „Darf es sonst noch etwas sein?"

„Äh, nein. Danke." Etwas ratlos geht Anne zum Auto. Die Frau sah irgendwie erschrocken aus.

Joshua hat Kaffee und Eier gekocht, Honig und Marmelade stehen auf dem liebevoll gedeckten Tisch. Die Miene der Bäckersfrau ist vergessen. Ein Installateur kommt allerdings frühestens nach Weihnachten.

„Dann schlafen wir so lange auf der Couch. Macht nichts." Anne beißt genussvoll in das Brötchen.

Joshuas Handy klingelt. „Meine Mutter! Entschuldige bitte, da gehe ich besser ran."

Anne überlegt, wie sie das Haus weihnachtlich schmückt, als Joshua das Handy sinken lässt. „Das war meine Schwester! Meine Mutter hatte einen Schlaganfall. Es sieht nicht gut aus. Ich fahre nach Erfurt in die Klinik."

„Klar. Ich packe inzwischen weiter aus. Wann bist du zurück?"

„Spätestens heute Abend." Er drückt ihr einen Kuss auf die Stirn.

„Fahr vorsichtig und ruf mal an." Sie sieht dem Auto nach, bis es hinter den Kastanienbäumen verschwunden ist. Ihr Blick fällt auf den Kamin. Ihre Großeltern halfen mit Zeitungspapier nach, wenn der Schornstein nicht zog. Die kalte Luft muss erst raus, sagte der Opa. Sie stapelt erneut dünnes Holz über einem Knäuel aus Holzwolle, schichtet trockene Holzscheite säuberlich drüber. Fehlt noch das Zeitungspapier.

Es poltert über ihr, sie zuckt zusammen. Für einen Moment glaubt sie Kinderstimmen zu hören. Das kann doch wohl nicht sein. Sie geht zur Treppe. Starrt hinauf. Wenn der Wind ein Fenster aufgestoßen hat?

Sie mustert die unbeteiligt blickenden hölzernen Elefanten, dann läuft sie hinauf. Oben öffnete sich ein langer Korridor. Das erste Zimmer rechts ist leer, verblichene Tapete zeigt kleine braune Pferdchen und Peitschen. Im Raum gegenüber stehen ein großer, wuchtiger Schreibtisch und ein leeres Bücherregal. Das zweite Zimmer rechts ist ein weiteres Bad, fast identisch zum unteren mit löwenfüßiger Badewanne und angerosteten Armaturen. Dahinter folgt ein großer Raum mit gestreifter Tapete und einem hellen Rechteck an der Wand, wo wohl ein Doppelbett stand. Überall sind die Fenster gut verriegelt.

Am Ende des Ganges stößt sie auf eine Art Abstellkammer, hier versteckt sich das Fenster hinter hoch gestapelten Kisten und Truhen. Sie zerrt den obersten Karton herunter, Staubwolken steigen auf, es klimpert. Weihnachtsbaumschmuck! Zwischen heller Holzwolle schimmern perlmuttfarbene Kugeln. Vorsichtig greift sie hinein. Die Glasur auf der hauchdünnen Glaskugel ist von feinen Rissen durchzogen, das Porträt eines Kindes strahlt sie an, ein blonder Lockenkopf mit roten Wangen und blauen Augen. „August" steht in verschlungenen Lettern darunter.

„Wie schön!" Anne wühlt begeistert in der Holzwolle und findet ein weiteres Exemplar mit einem Kinderbild. Der Junge sieht dem ersten ähnlich, hat allerdings glatteres Haar. „Wilhelm", flüstert sie. „Was ist aus euch geworden, August und Wilhelm?"

Irgendwo im Haus schlägt eine Tür zu. Kinderlachen wispert über den Korridor. Die Kugel fällt ihr aus der Hand, das Kindergesicht zerschellt auf dem Holzfußboden. Mit angehaltenem Atem geht sie zur Tür, Scherben knirschen unter ihren Füßen. Im Korridor ist nichts. Alte Häuser haben ihre eigenen Geräusche.

Im nächsten Karton findet sie handgeschriebene Akten und alte Zeitschriften. Als sie ihn vom Stapel hebt, flattert ihr ein vergilbter Zeitungsausschnitt vor die Füße. Tote Florfliegen kleben auf der Schlagzeile. „Kinder des Richters tot aufgefunden."

Hastig überfliegt sie den Text: „Nach nunmehr sieben Jahren konnte endlich das Rätsel um die beiden verschwundenen Söhne des ehrenwerten Richters Gottfried Amadeus von Schwind geklärt werden. Die mumifizierten Leichen des achtjährigen August und des fünfjährigen Wilhelm wurden von einem Kaminkehrer gefunden. Sie saßen eng umschlungen auf einem Absatz im Schlot des Salons. Der neue Besitzer hatte sich beschwert, dass der Kamin schlecht zog. Wie die Kinder zu Tode kamen, kann nur noch spekuliert werden ..."

Der Zettel fällt wieder zu Boden, Anne wankt auf den Gang hinaus und die Treppe hinunter. Im Wohnzimmer starrt sie auf den Kamin. „Was ist mit euch geschehen?", flüstert sie. Sie beugt sich über ihren Holzstapel und schaut hinauf in den Schlot. Ganz oben schimmert es hell, viel mehr kann sie nicht erkennen. War es eine Mutprobe? Der Schlot ist ziemlich breit, selbst sie könnte …

Sie setzt ihre Füße neben den Holzstapel auf den Rost und schiebt ihre Schultern in den Schlot hinauf. An der Rückwand befinden sich Metallstege in der Wand, daran zieht sie sich hoch. „Seid ihr hinauf geklettert und habt euch nicht zurückgewagt?"

In zwei oder drei Metern Höhe befindet sich ein Mauervorsprung, etwa zwei Hände breit, sie kann sogar darauf sitzen. Ihre Augen gewöhnen sich an das Dämmerlicht und sie sieht einen dunklen Fleck auf der sauber gemauerten Schlotwand. „War es hier? Habt ihr hier gesessen und euch aneinandergeklammert?" Tränen laufen über ihre Wangen. „Warum habt ihr nicht um Hilfe gerufen? Hattet ihr Angst, bestraft zu werden?" Sie streicht mit den Fingerspitzen über den Schatten an der Wand und schließt die Augen.

Als Joshua heimkommt, zündet er das vorbereitete Feuer im Kamin an und geht Anne suchen. Er findet den Frühstückstisch so vor, wie er ihn morgens verlassen hat. Im Obergeschoss steht die Tür zur Abstellkammer auf. Scherben liegen auf dem Boden. Anne findet er nicht. Die Polizei vertröstet ihn zu früh, um nach ihr zu suchen. Nach Weihnachten fragt ihn die Bäckersfrau, ob er schon im Kamin nachgesehen habe.

DEADLINE

Meine Frau ist eine Seele von Mensch. Ja, Sie lesen richtig. Ich habe tatsächlich eine sehr liebe Frau. Sie ist geduldig, still und bescheiden. Sie kocht gut, hält die Wohnung picobello sauber und bringt eine ordentliche Stange Geld nach Hause, denn sie ist Krankenschwester. Außerdem hat sie eine reiche Mutter, da ist also noch mehr zu erwarten. Sie werden jetzt denken: dieser Glückspilz!

Na ja, das Problem ist Marielle. Sie nervt und drängelt und quält mich.

„Wann sagst du es ihr eeeendlich?", fragt sie mich, wenn wir uns treffen, und beißt mich zärtlich ins Ohr. Wobei das Zärtliche in den vergangenen Wochen ein wenig verloren ging. Letztens musste ich mir die Haare übers Ohr kämmen, damit die Bisswunde nicht zu sehen ist.

„Wenn du es ihr nicht sagst, gehe ich und klingle bei euch: Guten Tag, Beate, ich bin die Geliebte deines Mannes. Er traut sich nicht, es dir zu sagen."

„Untersteh dich! Sie ist eine so liebe Frau. Das würde sie nicht verkraften."

„Dann lass dir etwas einfallen. Deadline ist Heiligabend. Den verbringen wir beide zusammen."

Sie sehen, unter jedem Dach ein Ach. Ich kann es drehen und wenden, wie ich will, Beate muss weg. Ich grübele, bis mir der Kopf raucht, mir fällt nichts ein. Dann gehe ich analytisch an das Problem ran. (Ich habe mal ein Semester Mathematik studiert.) Beate leidet unter Arachnophobie – völlig übersteigerte

Angst vor Spinnen. Wenn ich da etwas arrangieren könnte ...
Ein Geschenk mit einem Krabbeltier darin? Als Junge habe
ich das Buch „Die Spinne in der Yukkapalme" gelesen. Beate
liebt Pflanzen. Aber zu Weihnachten schenkt man doch keine
Topfpflanze, oder?

Schmuck dagegen ... Tahitiperlen mit einer Spinne in der
Schachtel, beim Verpacken hineingeraten, so ein Pech! Am
besten eine schwarze Witwe. Oder eine Bananenspinne. Aber
woher nehmen? Wahrscheinlich kann ich so etwas nicht bei
ebay bestellen. Heiner! Mein Kumpel aus der Vor-Beate-Zeit
arbeitet im Erfurter Zoo, Abteilung Vogelspinnen und andere Krabbeltiere. Einige Exemplare hatte er damals sogar zu
Hause.

„Mensch Heiner, alte Fregatte. Haste Lust, mal wieder bei ei-
nem süffigen Apoldaer über vergangene Zeiten zu quatschen?
... Ne, muss ja nicht heute sein. Aber die Woche noch, wäre
günstig. ... Wie? Ja, die Beate. Alles gut, eine sehr liebe Frau.
Und du? Züchtest du immer noch diese achtbeinigen Biester?
... Ja, ja. Kein Wunder. So was mögen die Frauen meist nicht.
Also melde dich, ja?"

Irgendwie muss ich es hinkriegen, mir eine seiner haarigen
Kreaturen auszuleihen, ohne dass er es merkt. Er wird sie
wohl nicht jeden Abend zählen? Drei Tage später besuche ich
Heiner im Andreasviertel.

Er zeigt mir stolz seine Lieblinge im Terrarium vorm Wohn-
zimmerfenster. „Die gelbe *Phoneutria*, die hat es in sich. Sie
wird noch größer, etwa so wie meine Hand. Ein Biss genügt
und du bist hinüber." Er strahlt über das ganze Gesicht. Offenbar hat er nicht so oft Gelegenheit, jemandem seine Herzchen
zu präsentieren. „Oder hier, sieh mal die kleine Schwarze: *Atrax robustus*. Die willst du auch nicht unterm Hemd haben.
Absolut tödlich, wenn du nicht sofort behandelt wirst."

Ich nicke beeindruckt und merke mir die Schwarze. Als er Bier aus dem Keller holt, greife ich das Krabbeltier mit der Grillzange aus dem Glaskasten und verstaue es in der Brotdose, die ich zu diesem Zweck in der Jackentasche habe. Mit etwas gutem Willen wird *Atrax Dingsbums* in die Schmuckschatulle passen. Die Perle auf dem Ring ist nur ein Imitat, ich kann sie anschließend immer noch Marielle schenken. Sie werden denken: genial! Da haben Sie vollkommen recht.

Heiligabend – meine Deadline. Die Bescherung soll am späten Nachmittag stattfinden, denn Beates Mutter, unser einziger Gast, geht früh zu Bett. Wenn alles klappt, bin ich am späten Abend bei Marielle.

Der prächtig geschmückte Baum im Wohnzimmer leuchtet warm, eine Blaufichte aus dem Thüringer Wald. Die alten Silberkugeln von Beates Großmutter konkurrieren mit mundgeblasenem Krebsglas aus Lauscha. Im ganzen Haus duftet es nach Gewürzwein und selbst gebackenem Lebkuchen. Beate hat sich selbst übertroffen. Bevor wir zur Christmesse gehen, verstauen wir – wie jedes Jahr – verstohlen unsere Geschenke unter dem Baum. Der Blick meiner Schwiegermutter bleibt neugierig an dem Päckchen in rotem Seidenpapier hängen.

„Hörst du auch etwas knistern?", fragt sie mich.

„Nein. Du?"

„In einem der Päckchen knistert es. Hast du eine Maus darin versteckt?" Sie schüttelt sich leicht. Die Ärmste ist mit der Arachnophobie und der Angst vor Mäusen doppelt bestraft.

„Das ist der Baum. Holz arbeitet."

„Wir müssen los!", ruft Beate aus der Diele.

„Ich bleibe hier", beschließt meine Schwiegermutter. „Der Weg bis zur Severikirche ist mir zu beschwerlich. Ich sehe mir die Christvesper im Fernsehen an."

„Aber Mama ..." Beate dreht ihre Pudelmütze in der Hand.

„Nein, geht nur. Ihr wollt sicher auch mal allein sein."

Auch gut. Ein letztes Mal allein mit Beate. Ich genieße es, kuschele mich in der kalten Kirche an sie. Als wir durchgefroren und weihnachtlich gestimmt zurückkommen, dröhnt Gänsegeschnatter aus dem Fernseher. Die Weihnachtsgans Auguste, von wegen Christvesper.

„Mama, wir sind wieder da", ruft Beate und kickt ihre Stiefel in die Ecke. „Deckst du gleich den Tisch?", fragt sie mich und verschwindet im Wohnzimmer.

„Frohe Weihnach ... Mama? Maaammmaaaa!"

Ich renne ihr nach. Meine Schwiegermutter liegt vor dem noch immer warm leuchtenden Baum. Mausetot, da gibt's keinen Zweifel. Ihre Augen starren matt zur Zimmerdecke, ihr Mund ist wie zum Staunen geöffnet. Neben ihr liegen rotes Seidenpapier und der Ring mit der Tahitiperle. Mist, Mist, Mist. Sie war schon immer zu neugierig. Meine Blicke suchen den Teppich ab. Wo ist *Atrax Dingsbums*? Hinter mir flattert Auguste über den Bildschirm.

Der Notarzt stellt mit fliegenden Fingern den Totenschein aus. Herzversagen. Auch er hat eine Deadline. Mein Handy summt, Marielles Nummer. Jetzt noch nicht! Ich drücke sie weg.

Während wir auf den Bestatter warten, entkorke ich den Rotwein. Ich habe 2012er Chianti besorgt, schließlich ist es der letzte Wein, den Beate ... Ist auch wirklich ein guter Tropfen. Ich lasse den Korken fallen, um unauffällig unter dem Baum nachschauen zu können. Irgendwo muss sie sich doch verkrochen haben.

Beate nimmt den Ring vom Couchtisch, den wahrscheinlich der Notarzt dort abgelegt hat. „Der ist wunderschön", flüstert sie unter Tränen. „Ist der von dir?"

„Ja, mein Schatz. Du bist schließlich meine Perle."

Sie schiebt ihn auf den Ringfinger. Er passt gut. Langsam kriegt sie wieder ein wenig Farbe ins Gesicht. Ich überlege, wie ich unters Sofa schauen kann, ohne dass es seltsam wirkt. „Wollen wir den Tisch decken?", frage ich vorsichtig.

„Ich kann nichts essen, während Mama da ..." Sie schluchzt auf und zeigt auf das Sofa, wo die Tote mit gefalteten Händen friedlich vor sich hin liegt.

Es klingelt.

„Der Bestatter!" Beate eilt zur Tür, ich hechte auf den Boden und stecke den Kopf unter das Sofa. Nichts, nicht mal ein einziges von acht schwarzbehaarten Krabbelbeinen ist zu sehen. Hastig springe ich auf die Füße, als ich Stimmen höre.

Beate ist schon wieder kreidebleich, als sie ins Zimmer kommt. „Hier ist Besuch für dich. Sie sagt, sie sei deine Geliebte."

Hinter ihr lugt Marielle um die Ecke. „Deadline!", formen ihre Lippen. Ihre Augen werden riesig, als sie die Tote erblickt.

Ich warte, dass sich der Boden unter mir auftut. Vergeblich. Die beiden Frauen starren mich an, die Blicke voller Entsetzen. Ihre Münder öffnen sich in Zeitlupe. Gleich werden sie im Duett auf mich einhacken. Beate hebt den Finger, zeigt auf mich, ihr Mund formt ein „Ooh!" Marielle schlägt die Hände vor das Gesicht. Jetzt übertreiben sie, alle beide, so schlimm ist es nun auch wieder nicht. Ein schwarzer Faden schiebt sich von oben in mein Gesichtsfeld. Ein Faden???

Als ich den Kopf hebe, baumelt sie direkt über meiner Nase von der Deckenleuchte herab. Die Frauen kreischen hysterisch. Ich auch, und das ist das Letzte, was ich jemals höre.

DER WINNAACHTENSBAUM

Freitagabend im „Braunen Hirsch", der Wirt zapft sein selbst gebrautes Bier. „Oh du fröhliche ..." rieselt es aus dem Lautsprecher in der Ecke. An getrennten Tischen sitzen Hans und Jürgen. Hans hat Jürgen mal ein Mädchen ausgespannt, die Inge. Mit Inge ist Hans jetzt seit dreißig Jahren verheiratet. Oder sind es zweiunddreißig? Egal.

Nach langem Schweigen und dem zweiten Bier fragt Jürgen, ohne den Blick von dem letzten Schluck in seinem Glas zu heben: „Hest dann schunt an Winnaachtensbaum?"

Hans schnauft zufrieden. „Jawoll."

„Ne Fichten?"

„Nei, ne Kanadische Tanne, an scheenes Beimechen. Zwei Meter, grade jewoochsen. Und dicht wie's Wingerfell vun de Karnickel. Hundertfuffzich Euro vom Markte in Nordhusen." Jürgen nickt beeindruckt.

„Un du?", fragt Hans.

„Nei, mi han noch nich das Richtje jefungen."

„'s es nich so lichte met dan Frauen. Inge es ah nie zufredden."

Die Erwähnung der Dame spült Erinnerungen herauf und bringt das Gespräch wieder zum Erliegen. Alter Groll wabert zwischen den Biergläsern. Jürgen trinkt aus, zahlt und stapft mit einem knurrigen „Scheene Winnaachten" zur Tür.

Am nächsten Morgen läuft Jürgen mit dem Hund hinaus zur Schonung unter der Überlandleitung. Hoffentlich findet er hier einen ordentlichen Baum. Denn darin muss er Hans recht geben, die Frauen sind schwer zufriedenzustellen. Mal ist er zu klein, mal zu groß, mal ist er unten zu breit oder oben zu schmal, mal hat er zu wenig Äste, dann wieder nadelt er zu früh. Aber hundertfuffzig Euro gibt er nicht aus, das steht fest. Am Ende der Schonung stößt er auf eine einzeln stehende Fichte, ein wenig größer als er selbst, gleichmäßig gewachsen, dichte Äste. Sie wäre auch abends im Dunkeln leicht wiederzufinden. Zufrieden pfeift er nach dem Hund.

„Denkst du annen Winnaachtensbaum?", fragt seine Frau beim Mittagessen.

„Awwer joo. Kennst mich doch."

„De Inge het bin Backer verzahlt, se het en schon fertig ahnjeputzt."

„De Inge verzahlt veele, wann der Tagg lang es."

Sobald es dunkelt, schnappt Jürgen sich Jacke, Mütze, Stirnlampe und Säge. Bis an den Waldrand fährt er mit dem Auto, die letzten hundert Meter geht er zu Fuß. Vom Himmel fallen ein paar Schneeflocken, was gut ist, denn dann ist der Förster nicht unterwegs. Fritze Grünrock ist ein Schönwetterförster.

Vorsichtig setzt Jürgen Fuß vor Fuß auf den ausgefahrenen Waldweg. Nur nicht stürzen und am Ende in den Fuchsschwanz fallen. Das Licht der Stirnlampe leuchtet einen eng begrenzten Kegel aus, der verbirgt, was dahinter auf ihn zukommt.

Weiter vorn im Wald hört er plötzlich ein Geräusch, ein Scheuern oder nein, ein Kratzen, rhythmisch auf und ab – eine Säge! Jesses, Maria und Josef, da ist noch jemand in der Schonung. Er schaltet die Stirnlampe aus und wartet, bis seine Augen sich an die Dunkelheit gewöhnen, die aufgrund der Schneeflocken milchig wirkt. Vorsichtig tappt er weiter, in Richtung seiner ausgewählten Fichte. Die Sägegeräusche schwellen an, bis er schließlich begreift: Der dreiste Baumdieb sägt im oberen Teil der Schonung.

In Zeitlupe pirscht er sich an das Ritsche-Ratsche der fremden Säge heran. Allmählich schält sich seine einzeln stehende Fichte aus dem Schneegeriesel hervor. Das darf doch nicht wahr sein! Die Erkenntnis trifft ihn wie eine Axt: Der Typ hat es auf seinen Baum abgesehen! Ohne weiter nachzudenken, springt er vom Weg in das Waldstück hinein und schreit: „Wos machst du an do?"

Der Übeltäter fährt hoch, seine Säge bleibt im Stamm stecken. Jetzt kommt es noch dicker: Das kreidebleiche Gesicht mit dem offenen Mund gehört Hans.

„Ich dochte, du hest an Baum?"

„Jo, dar hier es ferrn Hof."

„Dan ha ich mich hiete Morjen usjeguckt!"

„Awer ich wor schnaller! Du kennst mich jo ..."

„Du ohler Schwinnetrieber ..." Jürgen versteht sofort die Anspielung auf Inge, der alte Groll kocht hoch wie Milch auf der Herdplatte. Er lässt alles fallen, was ihn hindert und stürzt sich auf Hans. Bald rollen die beiden im Schnee zwischen den jungen Fichten umher und dreschen aufeinander ein. Nach zahlreichen Hieben beiderseits rappelt sich Hans fluchend auf und taumelt davon.

Jürgen klopft sich Schnee und Nadeln von der Jacke und beendet das Werk seines Widersachers. Noch zwei, drei Hübe mit dem Fuchsschwanz, dann kippt der Baum. Jürgen packt sein Werkzeug und die Fichte und stolpert zum Auto. Auch er musste einiges einstecken, seine Rippen schmerzen und sein rechtes Auge schwillt zu. Aber den Baum hat er, diesmal hat er gewonnen.

In der Nacht quälen ihn die geprellten Rippen, das Auge pocht. Aber schlimmer noch nerven die Stimmen in seinem Kopf: Der letzte Hieb traf Hans empfindlich. Was, wenn er es nicht bis nach Hause geschafft hat? Wenn er im Wald ohnmächtig geworden ist? Er könnte erfrieren oder verbluten.

Na unn?, fragt eine andere Stimme. Der ohle Sack hett mich Inge wagjeschnappt. Wannes einer verdient hett ...

In der ersten Dämmerung schleicht er sich aus dem Haus zum Auto. Er kann kaum was sehen, sein Auge hat Form und Farbe einer reifen Pflaume.

Seit gestern sind mindestens dreißig Zentimeter Schnee gefallen. Immerhin hat der Winterdienst schon geschoben, am Straßenrand liegt ein Schneewall, der die Einfahrt zum Waldweg versperrt. Er stellt das Auto auf der Straße ab und schaltet die Warnblinker an. Zum Glück ist um diese Zeit niemand unterwegs.

Schon beim ersten Versuch, den Schneewall zu überwinden, stolpert er über etwas Großes, Weiches unter dem aufgetürmten Weiß. Er kratzt mit bloßen Fingern die gefrorene Schneedecke beiseite und stößt auf graubraunes Haar. Seine Hand zuckt zurück wie nach einem Stromschlag. Hans! Er hat es lediglich bis zur Straße geschafft.

Panisch springt er ins Auto. Sein Herz schlägt wild, als er den Startknopf drückt und mit heulendem Motor losfährt. Die Berührung mit dem kalten Körper unter dem Schnee friert auf seinen Fingerspitzen fest.

„Lewwer Gott, des ha ich nich jewullt."

Was soll er nur tun? Die Polizei rufen? So wie er aussieht, fragen die sofort, mit wem er sich geprügelt hat. Und warum ausgerechnet er den Leichnam findet, unter dem Schneewall früh um halb acht.

Seine Frau hat das Frühstück vorbereitet. „Lewwester Tagg, wie sisst du ann uus?"

„Der Baum es mich ins Jesicht jeschnippt, hiete Noocht." Er dreht sich mürrisch weg, als sie die Hand ausstreckt. „Sitt schlimmer uus, wie's ess."

Schwitzend stielt er anschließend den Baum ein, holt sich eine Flasche Nordhäuser Doppelkorn aus dem Keller und wickelt die Lichterkette um die Äste. Immer, wenn der Gedanke an den letzten Abend hochkommt, schraubt er die Flasche auf und schenkt sich einen ein.

„De Christvesper fänget aan, kemmeste nich met?", fragt seine Frau, als es dunkel wird.

Sein Magen rutscht in die Kniekehle. Vor die Augen Gottes zu treten, das schafft er auf keinen Fall. Lieber trinkt er noch einen Nordhäuser.

Als seine Frau aus der Kirche kommt, sitzt er mit der Kornflasche im Arm neben der geschmückten Fichte. Sie ruft aus dem Flur: „Hans sock awer aa nich scheene uus, dann muss a an Baum ins Jesicht jeschnippt sie."

„Hans?" Er steht langsam auf, stützt sich am Sessel ab.

„Jo, dar war inner Keerchen, trotz sinner Blessuren."

Ein Stein von der Größe des Blocksberges fällt ihm vom Herzen. Am liebsten würde er seine Frau umarmen, aber seine Rippen halten ihn ab. „Kumm, jetz werd Winnaachten jefeiert. Lang dich a an Glas!"

Als Tage später der Schnee taut, gibt er an der Einfahrt zur Fichtenschonung ein totes Wildschwein frei. Irgendjemand muss es überfahren haben.

PROTOKOLL EINER VERNEHMUNG

(Abschrift nach Tonaufnahme)

Ort: Schleusegrund-Gießübel, Dachsbachstraße 37a

Datum: 24.12.2020   Beginn: 13.00 Uhr   Ende: nicht dokumentiert

Die Vernehmung der Zeugin Baumann, Hilde, führt der Kriminalhauptkommissar Hilser in der Wohnung des Ehepaares Baumann. Am Hals der Zeugin zeichnen sich Druckstellen und Kratzer ab. Vor dem KHK liegen eine Weihnachtsbaumbeleuchtungskette in einer Tüte sowie ein paar Gummihandschuhe.

KHK H.: Frau Baumann, ich mache Sie darauf aufmerksam, dass diese Zeugenaussage aufgenommen wird. Ich belehre Sie darüber, dass Sie gegen den Hauptverdächtigen, Ihren Ehemann Herrn Baumann, nicht aussagen müssen, wenn Sie das nicht wollen.

(Frau Baumann nickt.)

KHK H.: Sie müssen laut und deutlich sprechen.

Zeugin *(krächzend)*: Ja.

KHK H.: Frau Baumann, bitte schildern Sie genau, was heute Morgen hier in Ihrer Wohnung in der Dachsbachstraße 37a vorgefallen ist.

Zeugin: Also ... *(räuspert sich)* An Heiligabend stellen wir frühs immer den Weihnachtsbaum auf. Schon seit dreißig Jahren. Ich dekoriere und mein Mann kümmert sich um das Einstielen und die Beleuchtung. Also die Kette und so.

KHK H.: Es handelt sich um die Kette, die hier vor mir liegt? *(Streift sich die Handschuhe über und zieht die Weihnachtsbaumbeleuchtung vorsichtig aus der Tüte.)*

Zeugin: Ich denke schon, jedenfalls sieht die so aus.

KHK H.: Und weiter?

Zeugin: Herbert, also mein Mann, kommt mit dem Baum rein und fängt an, am Stamm herumzuhacken. Ich sage zu ihm, mach das draußen, du hammelst hier alles ein. Er zerrt den Baum durch die Tür nach draußen, kommt zurück, um den Ständer zu holen. Ich sage ...

KHK H.: Frau Baumann, vielleicht können Sie sich etwas kürzer fassen. Erinnern Sie sich an die Uhrzeit?

Zeugin: Das war so gegen halb zehn. Der Baum hatte nicht im Wasser gestanden, obwohl ich Herbert seit Nikolaus in den Ohren gelegen habe, stell den Baum ins Wasser. Die ersten Nadeln fielen schon beim Hereinzerren, gucken Sie mal, da liegen immer noch welche. Außerdem klebte Harz am Türrahmen. Ich sage ihm immer, kauf doch mal 'ne Nordmann oder 'ne Coro ... wie heißen die mit den weichen Nadeln?

KHK H.: Colorado? Frau Baumann, ich weiß nicht, ob das ...

Zeugin: Genau. Codoralo. Die riechen so gut, wissen Sie. Aber Herbert ist furchtbar geizig. Gibt keinen Cent zu viel aus, sitzt auf dem Geld wie der Teufel auf der Seele. Und diese blöde Fichte, die nadelt und klebt, dass ich mit dem Putzen nicht hinterherkomme. Ist doch wahr, was glaubt er eigentlich, wie man Harz vom Türrahmen kriegt? Mit Butter? Pah! Dann klebt es nicht nur, dann ist es auch noch fettig. Und versuchen Sie mal ...

KHK H.: Frau Baumann, ich muss Sie unterbrechen. Wie ging es weiter?

Zeugin: Na sag ich doch. Er ist raus mit der Fichte, ich fege und putze den Türrahmen und dann sortiere ich die Kugeln. Die lagern im Sommer auf dem Dachboden, die Kartons sind immer ziemlich verstaubt, aber ich wische die schon oben ab, bevor ...

KHK H.: Frau Baumann! Das gehört nicht zur Sache!

Zeugin: Ach so. Er kommt also wieder rein, zerrt den Baum an die richtige Stelle vor das Fenster. Natürlich steht der schief. Ich sage, der steht schief und überhaupt, was hast du da für eine Krücke gekauft? Sie können es glauben, Herr Polizist ...

KHK H.: Kriminalhauptkommissar.

Zeugin: Oh, auch gut. Jedenfalls hatte der Baum oben rum nur alle ellenlang ein paar dürre Äste. Kommt Lametta drum, sagt er. Lametta!!! Ist schon seit dreißig Jahren nicht mehr aktuell, aber er hat welches aufgehoben, von seiner Mutter noch. Das macht er drum, sagt er. Ich sage, kommt nich infrage. Schneid unten ein paar Äste ab, die stecken wir oben rein. Hat mein Vater auch immer so gemacht. Er holt die Gartenschere und den Bohrer und will anfangen! *(Schweigt und schnauft.)*

KHK H.: Ja – und?

Zeugin: Im Wohnzimmer?! Ich sage, das machst du schön draußen! Er zerrt den Baum wieder raus, das Ding nadelt natürlich weiter. Ich fege hinterher und wische den Türrahmen sauber.

KHK H.: Und dann?

Zeugin: Dann habe ich die Kugeln sortiert. Ich hänge sie der Größe nach, verstehen Sie? Unten die großen, in die Mitte die mittleren und oben die kleinen. Ganz oben ...

KHK H.: Ja, Frau Baumann, das ist jetzt nicht wichtig. Wie ging es mit Ihrem Mann weiter?

Zeugin: Ja, wie ...? Ach, jetzt weiß ich. Er kommt rein mit dem Baum und stellt ihn vor das Fenster. Natürlich ...

KHK H.: ... nadelte er wieder alles voll, schon klar. Wie verhielt sich Ihr Mann?

Zeugin: Wie er sich ...? Er sagt nichts, wie meistens. Die Äste sind ordentlich eingestöpselt, der Baum sieht viel besser aus. Ich sage zu ihm: Jetzt die Lichterkette. Da drüben auf dem Sofa. *(Lacht.)* Jedes Jahr das gleiche Theater. Natürlich hat er die letzten Januar beim Abputzen nicht richtig aufgewickelt. Wir putzen immer erst ziemlich spät ab, nach den Heiligen Drei Königen, obwohl dieses Jahr mit dem Nadelwerfer wird das wohl nichts ...

KHK H.: Frau Baumann!

Zeugin: Ja? Ach so. Ein einziges Knäuel, diese Lichterkette! Wie ich das hasse. Die sortierten Kugeln liegen vor mir und warten, ich hätte noch andere Dinge zu tun. Siehste, sage ich, das haste davon. Wie oft habe ich gepredigt, du sollst die Kette ordentlich aufwickeln? Es gibt Männer, die machen das von ganz alleine so. Fredi, was unser Nachbar ist zum Beispiel ...

KHK H.: Ihr Mann, Frau Baumann, was tat der?

Zeugin: Guckt nur blöd. Hält die Kette in beiden Händen und starrt sie an. Mach hin, sag ich, ich will mit den Kugeln anfangen. Das Essen muss auf den Herd. Wissen Sie, bei uns gibt es Heiligabend nur was Schnelles, Thüringer Würstchen und Kartoffelsalat. Aber ich muss doch die Ente für den ersten Feiertag vorbereiten, wir haben immer eine Flugente, die sind nicht so ...

KHK H.: Frau Baumann! Wir müssen zum Kern kommen. Auch ich will heute pünktlich zu meiner Familie!

Zeugin: Seien Sie froh, dass Sie noch eine haben! Ich muss die Ente jetzt allein essen. Oder kann ich Herbert was in den Knast bringen? Darf man das? Bloß gut, dass ich nur eine kleine ...

KHK H.: Frau Baumann! Ihr Mann hat also die Kette in der Hand?

Zeugin: Genau. Und ich sag zu ihm, er soll sich beeilen, dass er das Ding endlich um den Baum wickelt. Und er fummelt und murkst und entknotet, so langsam, das macht er doch mit Absicht, weil er weiß, dass mich das ärgert. Er kann nämlich unglaublich stur sein, mein Herbert. Da kriegt er so einen Blick, so ähnlich wie Sie jetzt gerade.

KHK H.: FRAU BAUMANN! Was genau hat Ihr Mann mit dieser Kette getan? *(Hebt die Weihnachtsbaumbeleuchtung in seinen Händen an.)*

Zeugin: Er hat diesen komischen Blick, ich dachte, er kriegt das nicht gebacken mit dem Auseinanderfummeln. Gib her, sage ich, und will ihm das Ding aus der Hand reißen. Das wird sonst heute nichts mehr. Am Ende muss ich wieder alles allein machen. Das ist nicht nur so dahergesagt, das müssen Sie mir glauben, Herr Pol ...

KHK H.: FRAU BAUMANN! Ihr Mann? Die Kette?!

Zeugin: Sie lassen mich nicht ausreden! Ich zerre an der Kette, er hat diesen Blick drauf und lässt nicht los. Auf einmal entwirrt sie sich schlagartig, wir stolpern beide nach hinten, ich über die Kante von unserem neuen Teppich, die rollt sich immer noch hoch. Weil er zu geizig war, den teureren zu nehmen, der hätte besser gelegen, weil er dicker ...

Kriminalhauptkommissar H. springt auf. Hinter ihm fällt der Stuhl polternd um. Seine Finger krampfen sich um die Kette.

KHK H. *(schreit):* IHR MANN?! DIE KETTE?!

Zeugin: Du liebe Güte, was schreien Sie denn so? Sie müssen mir nur zuhören! Ich stolpere also über den Teppich, Herbert springt auf mich zu, schlingt mir die Kette um den Hals und zieht aus Leibeskräften. Herbert, schreie ich, also ich versuche, zu schreien, weil das Ding mir die Kehle zuschnürt. Herbert, was machst du denn? Lass los ... lass sofort los! Doch er hat diesen Blick, und diese blöden kleinen Kerzen bohren sich in meinen Hals. Ich sage schon immer, die großen Kerzen sind besser, die sehen auch viel echter aus. Nicht, dass ich so ganz echte Kerzen vorziehen würde, das ist viel zu gefährlich wegen des offenen Feuers, man will ja nicht ... Herr Polizist? Ääh, ich meine Hauptkrimi ... Was tun Sie? Halt! Aaaarghh, nei ... nein! Krchchchchchchchchchchchchch

WEIHNACHTEN MIT ELLI

Ellis letztes Weihnachten

Meine Mutter Elli ist schwerkrank. Moritz und ich haben sie drei Tage vor Weihnachten nach Rudolstadt geholt, damit sie ihre letzten Tage bei uns verbringen kann. Vor dem bodentiefen Fenster am Balkon steht ihr Pflegebett, direkt neben dem Weihnachtsbaum und mit Blick auf die Heidecksburg. Sie hat viele Jahre Gäste durch die alten Mauern geführt, sie kennt dort oben jeden Stein.

„Ich bin so froh, dass ich bei euch sein darf", sagt sie und es schnürt mir das Herz ab. Dann streicht sie mir über meinen Bauch. „Schade, dass ich meine Enkelin nicht mehr sehen werde."

„Mama! Vielleicht ..."

„Nein!", unterbricht sie mich. „Du musst es akzeptieren. Und du darfst nicht so sehr um mich trauern, dass es dem Kind schadet, versprich mir das!"

„Wie soll ich so etwas versprechen?"

Sie hebt mühsam den Kopf. „Hör zu, wir geloben uns jetzt beide etwas. Du bewahrst mich da drin", sie tippt mir auf die Brust, „ohne dass dir dein Herz allzu schwer wird. Moritz hilft dir dabei, er ist ein guter Mann. Dafür wache ich über euch, ich werde euer Schutzengel sein."

Ich muss lächeln. Typisch Mama. „Also gut. Ich verspreche es."

„Dann ist das abgemacht." Sie legt sich zurück und fixiert mit einem zufriedenen Ausdruck im Gesicht ihre Burg durch die Fensterscheibe. Plötzlich dreht sie den Kopf. „Ich habe noch eine Bitte." Sie spricht sehr leise, kaum kann ich sie verstehen. Als sie fertig ist, nicke ich. Sie lächelt und schläft ein.

Am zweiten Weihnachtstag stirbt sie in meinen Armen. Ich versuche meine Versprechen zu halten und Moritz muntert mich auf, so gut er kann. Im Januar kommt unsere Tochter gesund zur Welt, wir nennen sie Elli.

Ellis erstes Weihnachten

„Schau nur Schatz, Elli läuft!" Moritz ruft es aus dem Wohn-zimmer und ich spurte sofort hinüber. Elli sitzt auf ihrem di-cken Windelpaket und strahlt mich an.

„Schade, du hast es verpasst. Es waren mindestens drei Schritte!"

„Vielleicht klappt es noch mal?"

Wir stellen unser Baby auf die Füße und sind glücklich, als Elli wieder ein paar Schritte vorwärts tapst, bevor sie gluck-send auf den Po fällt. Es gefällt ihr und wir drei lachen um die Wette.

„Jetzt dürfen wir sie noch weniger aus den Augen lassen." Moritz mustert bekümmert den Weihnachtsbaum, der seit gestern vor dem Balkonfenster steht. „Ich denke, du hast ihn angebunden?"

„Ja, er stachelt trotzdem."

Elli rappelt sich hoch, stapft auf den Baum zu und quietscht erfreut, als Moritz ihr mit einem Hechtsprung den Weg ver-sperrt. Sie greift nach seiner Hand und trippelt zum Fenster. Von dort blickt sie zur anheimelnd beleuchteten Burg hinauf, hebt eine Hand und macht ihre dicken Fingerchen auf und zu. „Winke, winke?" Moritz sieht sie fragend an. Er nimmt sie auf den Arm und schaut mit ihr hinaus. „Wem winkst du denn zu?"

Elli kichert und winkt. Ich blicke Moritz über die Schulter. Hinter unserem Garten ragt der Burgberg auf.

„Sie sieht ihr Spiegelbild in der Scheibe", erklärt Moritz.

Ellis zweites Weihnachten

Ein Jahr später bekommt Elli ihren ersten Puppenwagen. Mit strahlenden Augen schiebt sie ihn durchs Wohnzimmer. Ihre Runde endet vor dem Fenster am Balkon, sie nimmt die Puppe heraus, stellt sich vor die Scheibe und winkt. Auch die Puppe muss winken, wobei Elli ihr fast den Arm herausreißt. Moritz und ich beobachten sie lächelnd. Womit haben wir dieses Glück verdient? Und doch denke ich gerade heute an meine Mutter. Wie schade, dass sie nicht dabei sein kann.

Ellis drittes Weihnachten

Unter dem Weihnachtsbaum findet Elli ein unförmiges Paket, von dem sie mit lautem Geschrei das Papier herunterreißt. Ein Dreirad kommt zum Vorschein, sofort klettert sie jubelnd drauf. Moritz erklärt ihr die Benutzung der Pedale und bald kreiselt sie unbeholfen durch das Wohnzimmer. Die hellen Locken tanzen um ihr glühendes Gesicht. Moritz und ich halten uns an der Hand. Als sie am Fenster stoppt und winkt, schüttelt er schmunzelnd den Kopf. „Diese Marotte wird sie wohl nie los."

Ellis viertes Weihnachten

Diesmal packt Elli einen rosaroten Fotoapparat aus. Fasziniert lässt sie sich von Moritz zeigen, wie er funktioniert. Natürlich werden wir sofort abgelichtet, sie fotografiert den

Weihnachtsbaum von allen Seiten und ihre Puppen. Während ich den Tisch decke, erklärt ihr Moritz, dass sie nicht nach draußen fotografieren könne, wegen der spiegelnden Fensterscheibe. Sie besteht darauf, auf den Balkon zu gehen, um Fotos zu machen.

Nach dem Essen sehen wir uns Fotoalben an. „Deine Bilder kannst du später auch einkleben. Wir suchen die schönsten aus."

„Sie sind alle schön!", sagt Elli ernsthaft.

„Sieh mal, hier ist deine Oma, sie hieß auch Elli."

„Ich kenne sie", sagt Elli und nickt eifrig.

„Nein Schatz, sie ist kurz vor deiner Geburt gestorben."

Elli dreht sich um und zeigt auf das Balkonfenster. „Sie steht oft am Berg und winkt mir zu." Sie hüpft vom Sofa und holt ihren Fotoapparat. „Ich habe sie fotografiert."

Mir schießen die Tränen in die Augen. Moritz greift sich die Kamera und drückt auf Wiedergabe. Die letzten Bilder zeigen den Garten. Am Fuße des Burgberges neben einer wilden Rose glänzt ein heller Schemen.

„Da steht sie", sagt Elli und tippt auf den Lichtfleck.

Moritz kratzt sich am Kopf. „Vielleicht der Schein eines vorbeifahrenden Autos?"

Plötzlich erinnere ich mich an mein Versprechen und es fühlt sich an, als würde mein Herz überschwappen. „Nein Moritz, Elli hat vollkommen recht. Das ist unsere Oma, sie passt auf uns auf."

Kurz darauf stehen wir alle drei auf dem Balkon und winken hinüber zu der wilden Rose, unter der ich in der Silvesternacht heimlich Mamas Asche verstreut hatte. Direkt am Fuße der Heidecksburg.

PUPPENHAUS

Lena und Tom stiegen aus dem Auto und betrachteten mürrisch das Haus. „Es ist uralt, bestimmt fällt es bald zusammen", maulte die Zwölfjährige.

„Nach und nach renovieren wir auch außen, es wird ein Schmuckstück sein, wenn es fertig ist", versuchte ihr Vater zu trösten.

„In hundert Jahren?", fragte Lenas Zwillingsbruder Tom und setzte vorsichtig einen Fuß auf die bröckelnde Eingangstreppe.

„Nimm einen Koffer mit!", rief Isabell, Papas neue Freundin. Deren Erbschaft hatten sie zu verdanken, dass sie Weihnachten in diesem Kasten am Mönchsberg verbringen mussten. Und dem Umstand, dass Mama Bereitschaft in der Sonneberger Unfallklinik hatte, mal wieder.

„Keine unnützen Wege!", murmelte Tom im selben Moment, in dem sein Vater es laut aussprach, und die Kinder grinsten in stillem Einvernehmen.

In ihrem Zimmer warf sich Lena aufs Bett und zückte ihr Handy. Ihre Freundin Lilly wartete sicher schon auf Nachricht. *Sind angekommen, voll alte Hütte. Hab allerdings ein krasses Zimmer abgefasst mit eigenem Fernseher. Ich schick dir ein Video.*

Sie klickte auf Senden. Nichts. Die Nachricht ging nicht weg. Shit, kein Netz? Das fing ja gut an.

Am Nachmittag holten sie mit Papa eine Tanne aus dem Wald hinter dem Haus und stellten sie im Wohnzimmer auf. „Die könnt ihr schmücken!", legte er fest. „Isa und ich fahren noch mal in den Supermarkt."

„Haben wir Christbaumkugeln?", fragte Lena.

Isabell blickte zerstreut von einem vergilbten Kochbuch auf, in dem sie nach einem Kloßrezept suchte. „Ich glaube, auf dem Dachboden. Meine Großmutter hatte sehr schöne Figuren, Hirsche aus Glas, Pilze und Tannenzapfen. Und natürlich die kleine grüne Gurke."

„Eine Gurke?", fragte Tom ungläubig.

„Ja, sie wird im Baum versteckt. Wer sie zuerst findet, kriegt ein Geschenk mehr als die anderen." Isabell lachte.

„Kein Netz, aber eine Gurke am Baum, na toll!", grummelte Lena vor sich hin.

Während Papas Auto davonfuhr, stiegen Tom und Lena die Treppe zum Dachboden hinauf. Auf dem letzten Treppenabsatz wurden ihre Schritte langsamer. Es roch nach Staub und irgendwie muffig. Die knarrende Treppe endete vor einer Holztür, die sich schwer öffnen ließ und hinter ihnen sofort wieder ins Schloss fiel. Im Dachgeschoss war es kalt, trübes Licht fiel durch zwei Fenster mit schmutzigen Scheiben, die links und rechts in Erker eingebaut waren. Linker Hand lag einiges Gerümpel auf einem Haufen, unter Kleiderbügeln und leeren Kartons lugten ein Paar Skier aus Holz und ein Schlitten mit gebogenen Hörnern hervor.

„Da fehlt nur noch der Schnee!", sagte Tom und zerrte an den Skiern.

Lena betrachtete skeptisch die Spinnweben in der Fensterleibung und schlang die Arme um den Oberkörper. „Mit den alten Dingern landest du bei Mama auf dem OP-Tisch. Dann sieht sie dich Weihnachten wenigstens mal."

An der Giebelwand stapelten sich etliche verschlossene Kisten. Es klirrte leise, als Lena eine davon herunterzog. Sie blies den Staub vom Deckel und öffnete ihn. „Hier sind Glasfiguren. Sieh mal, ein Hirsch. Und hier, eine Kugel mit Gesicht. Sieht aus wie eine Teufelsfratze. Wer hängt sich denn so krasses Zeug an den Baum?"

„Hast du die komische Gurke gefunden?"

„Nein, aber Fliegenpilze aus Glas."

„Das wird ein toller Baum!" Tom nahm die nächste Kiste vom Stapel. „Es zieht hier, merkst du das auch?" Er musterte die Holzverkleidung. „Hier ist noch eine Tür."

Lena befühlte das Holz. „Sie ist ziemlich gut versteckt."

Sie fanden weder Griff noch Riegel, doch mit der Spitze eines Skistocks gelang es ihnen, die Tür aufzuhebeln. Dahinter verbarg sich eine dunkle Kammer ohne Fenster, bis auf eine hüfthohe Kiste war sie vollkommen leer.

Tom zerrte die Kiste ans Licht. „Ein Puppenhaus", sagte er enttäuscht.

Lenas Herz tat einen Satz, doch war sie nicht zu alt für ein Puppenhaus? Gerade als sie sich abwenden wollte, fiel ihr die Anordnung der Zimmer und der Möbel auf. „Tom, schau dir das an! Da, das Wohnzimmer mit dem Kamin. Und hier, mein Zimmer ..."

Ihr Bruder hob die Augenbrauen. „Voll krass! Das ist das genaue Abbild von diesem alten Schuppen!"

Gemeinsam trugen sie das Haus in Lenas Zimmer und das Mädchen staubte vorsichtig die filigran gearbeiteten Möbel, Lampen und Teppiche ab. Nicht nur die Zimmer waren exakt so angeordnet wie im Haus von Isabells Großmutter, auch die Möbel standen an den richtigen Stellen. Sie fanden kleine Puppen mit fein bemalten Köpfen aus Porzellan.

Staunend hielt Lena eine davon hoch. „Die sieht aus wie Isabell!"

„Und die hier, das ist Papa. Genau seine Brille!"

„Und die beiden, das sind wohl wir!" Lena setzte zwei etwas kleinere Puppen, eine davon mit langen braunen Haaren, auf das Bett im Kinderzimmer, das mit pinkfarbener Rosentapete dekoriert war.

„Sieh mal hier, dein Stuhl, das Bücherregal. Dabei haben Papa und Isa doch alles neu eingeräumt. Das ist doch nicht möglich ..." Tom schüttelte den Kopf. „Warte mal!" Er zog den Stuhl von Lenas Schreibtisch herüber zum Bett.

Lena schlug die Hand vor den Mund, als sich der Miniaturstuhl im Puppenhaus ebenfalls bewegte, ohne dass sie ihn berührt hatte. Nach wenigen Augenblicken stand er vor dem Bett, auf dem die Geschwisterpuppen saßen.

Toms Forschergeist war geweckt. „Mal sehen, ob das auch umgekehrt funktioniert", sagte er. Als er den Ministuhl zurückschieben wollte, stieß er mit der Hand an das winzige Bücherregal und brachte es zu Fall.

Lena schrie auf, als sich ihr echtes Bücherregal langsam nach vorn neigte. In letzter Sekunde riss Tom seine Schwester zurück auf das Bett. Das Regal mit Büchern und Spielen fiel krachend genau dorthin, wo sie noch eben gestanden hatte.

An der nun freien Wand schimmerte durch die hellgrüne Tapete, die Lena mit Papa ausgesucht hatte, ein verschlungenes uraltes Rosenmuster in rosa, das Muster der Tapete im Puppenhaus.

Eine Weile hockten die beiden Kinder auf dem Bett und starrten das Haus an.

„Was machen wir jetzt?", fragte Lena kleinlaut.

„Aufräumen!"

Sie sah hilflos auf das Chaos auf ihrem Fußboden. „Aber wie?"

„Ganz einfach!" Tom stellte mit spitzen Fingern das kleine Regal im Puppenhaus an Ort und Stelle. Tatsächlich richtete sich beinahe zeitgleich das große Regal knarrend von selbst auf. „Jetzt noch die Bücher."

„Ich habe Angst!", sagte Lena leise. „Lass uns Papa anrufen."

„Kein Netz, schon vergessen? Außerdem – ist doch cool. So ein Teil hat sonst niemand. Schade nur, dass es keine Rennbahn ist."

„Tom, sieh mal! Die Tapete." Rundherum im Zimmer schimmerte die alte Rosentapete durch und wurde immer kräftiger. „Lass uns das Ding wieder auf den Boden tragen." Sie hatte inzwischen Tränen in den Augen.

„Wir räumen noch die Bücher ein." Tom streckte die Hand aus und begann, winzige Exemplare von Harry Potter und Tintenherz in das Puppenregal zu stapeln.

Lena starrte bewegungsunfähig auf das weiße Holz ihres Bettes, wo sich vor ihren Augen Risse im Lack bildeten und die Farbe abblätterte.

„Tom! Mein Bett ..."

Ihr Bruder rieb seine Hand. „Sei nicht so ängstlich, hilf mir lieber!" Er fuhr fort, die Bücher einzuräumen. Die Originale schwebten von selbst zurück in das große Regal, das wieder ordentlich an der Wand stand. Fasziniert sah er ihnen nach.

Lena hockte sich neben ihn. „Was ist mit deiner Hand?" Sie zeigte auf seine Finger, die einen glänzenden weißen Schimmer angenommen hatten, als wären sie aus Porzellan.

Langsam zog Tom die Hand aus dem Puppenhaus. Seine Finger waren kalt und seltsam unbeweglich. Kleinlaut flüsterte er: „Okay, das Ding muss zurück."

Obwohl Lena vor Angst zitterte und Toms rechte Hand nicht richtig gehorchte, schleppten sie das Haus behutsam zurück auf den Dachboden und schafften es tatsächlich, dass nur der Tisch im Kaminzimmer umfiel. Sie schoben es in die hinterste Ecke der versteckten Kammer und verschlossen die Tür. Tom verbarrikadierte sie mit den Skiern und dem Schlitten. In Windeseile trugen sie danach den Christbaumschmuck nach unten.

Als Isabell und Papa fröhlich schwatzend die Einkäufe ins Haus trugen, hängten die Geschwister gerade den letzten Schmuck an den Baum.

„All diese alten Dinge", Isabell strich vorsichtig über einen springenden Hirsch aus hauchdünnem Glas, „sogar die Fratzenkugel gibt es noch! Vor der hatte ich als Kind immer Angst. Weihnachten verbrachte ich meist bei meiner Großmutter. Sie war Abteilungsleiterin in der Sonneberger Spielzeugfabrik und hatte immer irgendwas Besonderes für mich."

„Das kann ich mir vorstellen", murmelte Tom.

„Warst du damals auch auf dem Dachboden?", fragte Lena. Aus dem Augenwinkel sah sie, wie die Teufelsfratze auf der Kugel grinste. Der Glashirsch rollte mit den Augen. Sie wandte hastig den Blick ab.

„Nein, Großmutter erlaubte es nicht. Sie behauptete, dort oben gäbe es Dämonen. Sie war sehr abergläubisch, wisst ihr." Isabell lachte und Papa küsste sie verzückt.

Lena griff nach Toms Hand, sie war kalt und weiß. An den großen Fensterscheiben wuchsen Eisblumen in die Höhe, aber das bemerkten die Erwachsenen nicht.

WEIHNACHTSBESUCH

Warte, Schatz, mein Handy. Das ist meine Mutter, da muss ich mal kurz ...

Hallo Mama? Ja, nee, alles gut. Ich bin gesund, Julia auch ... Ja, richte ich aus.

Weihnachten? Äh, nee Mama, das wird leider nichts. ... Ja, wir sind in Erfurt. Aber ich hab so viel um die Ohren im Moment. Du weißt doch ... Ja, genau, der neue Job, viel Arbeit. Hast du alles, was du brauchst? Kümmern sie sich gut um dich? ... Ja, Mama, ich weiß. Aber dieses Jahr ist es wirklich schlecht. ... Wie, letztes Jahr? Da hatte ich auch ... und Julia muss dieses Jahr arbeiten, weißt du. Sicher klappt es nächstes Jahr wieder.

Ach, sag so was nicht, du wirst doch mindestens hundert. Was ...?

Mama, das musst du der Pflegerin sagen, da kann ich jetzt nichts machen ...

Ich muss jetzt auch ... Du weißt doch, Zeit ist Geld. Tschüss, wir telefonieren wieder, ja? Schöne Weihnachten, ja, danke, ja, Mama. Tschühüüs!

Puh. Hast du alles eingepackt, Schatz? Unsere Pässe? Die Tickets? Dann mal los. Höchste Zeit, der Flieger wartet nicht. Ja, wir sind spät dran. Heul du mir nicht auch noch die Ohren voll. Ich kann nichts dafür, sie ruft immer an, wenn es gerade nicht passt. Da hat sie ein Händchen für. Dass sie im Heim überhaupt telefonieren dürfen – na, egal. Mach dir keine Sorgen, wir schaffen das, ich fahre ein bisschen schneller.

Ganz schön viel Verkehr heute. Wo wollen die alle hin, so kurz vor Heiligabend?

Ha,ha, ins Altenheim? Der war gut, Schatz. Verdammt, da vorn stehen sie alle. Weißt du was, wir nehmen die Ausfahrt über Erfurt-West, dann umfahren wir den Stau.

Wie, gesperrt? Warum sagst du das nicht eher? Straßenbauarbeiten??? Egal, irgendwie kommen wir da schon durch, die arbeiten heute doch sicher nicht ... Und hier kann ich so richtig aufs Gas treten, guck mal, alles frei! Siehst du!

Shit, was ist das da vorne? Die können doch nicht einfach die Brücke ... verdammt, was machst du? Lass das Lenkrad los! Nein! Aaahhhh!!!

...

Das Licht ... ist zu hell, kann mal jemand das Licht ausmachen?

Wie ... empfindlich? Ja, ich weiß, wer ich bin. Wer sind Sie? Ein Unfall, aha ... Was ist mit meinem Wagen? Totalschaden? Verdammt. Wo bin ich überhaupt?

Moment ... Langsam ... Was ist mit meinen Beinen? Ausfall, motorisch, vegetativ, verstehe. Wie lange? Wie ...? Meine Güte ... Das ist doch nicht ...

Mama!? Was machst du denn hier? Ich denke, du bist im Pflegeheim? Ach ... wir beide ... Wie meinst du das ... Mama, was sagst du da? Für immer? Weihnachten zusammen? Und Ostern? Ach so ...

DIE LETZTE GESCHICHTE

Diese verfluchte letzte Geschichte! Sie wollte und wollte nicht auf das Papier. Dabei war bisher alles gut gelaufen. Als der Auftrag kam, gerade im richtigen Moment, hatte ich nicht gezögert. Fünfzehn Geschichten, insgesamt 100 000 Zeichen (ohne Leerzeichen), machbar. Na gut, sie sollten unheimlich sein, das war ungewöhnlich. Gruselgeschichten an Weihnachten. Zum Fest der Liebe will sich doch niemand fürchten, oder? Alle wollen Friede, Vorfreude, Pfefferkuchen.

Am Anfang wuselten die Worte noch aufs Papier, will sagen, auf die Festplatte. Eine Woche vor dem Abgabetermin verabschiedete sich meine Muse jedoch in die Weihnachtsferien. Vierzehn Kapitel waren fertig, eins fehlte. 7000 Zeichen im Minus. Mein Kopf war leer, der Monitor auch.

Auf der Suche nach Grusel-Inspiration lief ich nachts mit einer Stirnlampe durch die Drachenschlucht. Tags darauf erwachte ich mit Halsschmerzen, ich hatte mich gegruselt, aber noch mehr gefroren. Ich kroch in der Dämmerung durchs Kellerfenster einer leerstehenden Villa am Stadtpark und riss mir einen Holzsplitter ins Knie. Ich sah mir „Saw" und „Tanz der Teufel" an. Ich werde wahrscheinlich nie wieder furchtlos ins Bett gehen, aber die letzte Geschichte sträubte sich wie die Katze vorm Bade.

Am Abend vor dem Abgabetermin nahm ich eine Flasche Writers Tears aus der Bar und stellte sie samt Glas neben der Tastatur ab. Heute musste etwas passieren, nie zuvor hatte ich einen Lektor versetzt. Ich leerte das erste Glas, schrieb drei Zeilen und löschte sie wieder. Nach dem zweiten Glas hatte ich eine perfekte Überschrift, aber der Monitor bekam leicht verwaschene Konturen.

„Teufel noch mal!", schrie ich das Ding an. „Mach jetzt nicht schlapp!"

An die Zeit nach dem dritten Glas kann ich mich nicht erinnern, ich musste eingeschlafen sein. Als ich hochschrak, fühlte ich den Abdruck der Tastatur auf der Stirn und der Monitor war mit zuzuzuzuzuzuzuzu ausgefüllt. Das würde meinen Lektor nicht vom berühmten Hocker reißen, stöhnend rieb ich mir die Augen und suchte die Entfernen-Taste. Dabei fiel mein Blick auf den Ohrensessel gegenüber vom Schreibtisch. Ich schrie auf und fuhr hoch, hinter mir stürzte krachend der Stuhl um.

In dem Sessel saß ein Mann.

„Wer sind Sie? Wie kommen Sie hier herein?"

Vollkommen gelassen schlug der Kerl die Beine übereinander. „Ich bin der, den Sie riefen. Ich kam durch die Tür."

Ich hatte jemanden gerufen? Meine Gedanken wühlten sich durch die vom Whiskey vernebelten Erinnerungen. Hatte ich auf meinem Handy gelegen und einen Notruf ausgelöst? Der Mann sah nicht wie ein Notarzt aus, im Gegenteil. Er steckte in einem dunklen Anzug, mindestens Armani. Sein dichtes schwarzes Haar war sorgfältig gestylt, die Schuhe (italienisch?) schienen völlig unbenutzt. Und sein Blick! Ich hatte nie zuvor in einen Laser geblickt, aber so ähnlich musste es sich anfühlen. Ich fürchtete zu erblinden und wandte mich hastig ab.

„Ich habe niemanden gerufen. Es handelt sich um ein Missverständnis. Gehen Sie!"

„Ich erscheine niemals umsonst." Seine Stimme klang frostig. Überhaupt war es empfindlich kühl im Zimmer. Stimmte etwas mit der Heizung nicht?

Er stand auf, holte ein zweites Glas und griff nach der Flasche Whiskey. Er goss uns beiden großzügig ein. „Writers Tears? Haben Sie mich wegen einer Schreibblockade gerufen?"

„Wer zum Teufel sind Sie?", fauchte ich genervt, als ich sah, wie unbekümmert er meine heiligen Reserven leerte.

„Ich finde Luzifer erfreulicher. Der Lichtbringer, das klingt optimistischer, finden Sie nicht?"

Meine Kehle schnürte sich zu. Er war der Typ Mann, der für Unterwäsche modelt, aber er strahlte etwas aus – ja, was? Bosheit? Kälte? Auf alle Fälle Macht, ich kam mir vor wie ein Insekt, das jeden Moment zertreten wird. Die Härchen in meinem Nacken richteten sich auf.

Seine Augen fokussierten mich und während ich in seinem Blick festhing wie in einer Schraubzwinge, registrierte ich, dass seine Iris intensiv flackerte, rot wie die Glut im Kamin. Ich öffnete den Mund und schloss ihn wieder.

„Was ist? Auch noch eine Sprachblockade?"

„Ich ... was wollen Sie? Meine Seele?", war das Erste, was mir einfiel.

„Ach du meine Güte, warum glaubt alle Welt, ich sei auf Seelen scharf? Was, bitte, soll ich mit Ihrer Seele anfangen?" Er schenkte sich Whiskey nach und trat ans Fenster. „Was ist das da oben auf dem Berg für ein schöner Bau? Kommt mir bekannt vor."

„Sie meinen die Wartburg?"

„Wartburg? Das sagt mir was."

„Martin Luther übersetzte dort oben die Bibel aus dem Lateinischen."

Er hob die Augenbrauen. „Die Bibel, ja, jetzt erinnere ich mich. Dieser Choleriker warf mit dem Tintenfass nach mir."

Er hob das Glas. „Trinken Sie, das Zeug ist gut. Worum geht es denn in Ihrem Manuskript?"

Ich nahm gehorsam einen Schluck und stammelte etwas von unheimlich und Weihnachten.

„Na, da haben Sie sich den perfekten Mentor ausgesucht." Nachdem er zuletzt beinahe freundlich gewirkt hatte, wurde seine Tonlage jetzt wieder schärfer. „Was wissen Sie über Weihnachten?"

Meine Zähne klapperten leise, als ich sagte: „An Weihnachten wurde Jesus geboren."

„Pffhhhh", prustete er und verschluckte sich am Whiskey. Ich traute mich nicht, ihm auf den Rücken zu klopfen, obwohl er furchtbar keuchte.

„Glauben Sie das etwa?" Er hustete noch einmal und wischte sich über die Augen. „Ich kann es nicht mehr hören. Das liebe Jesukind! Bla, bla bla. Dieser verwöhnte kleine Balg, wickelte alle um den Finger und schwupp – feiern sie jahrtausendelang seinen vermeintlichen Geburtstag. Dabei suchten sie nur einen Grund, ihre heidnischen Sonnwendfeiern nicht abschaffen zu müssen."

„Na ja, immerhin hat er …"

Ich brach entsetzt ab, als ich sah, wie seine Augen anfingen, Funken zu sprühen. „Was? Was hat er?", fragte er gefährlich leise.

„Wunder getan …", hauchte ich.

„Er hat Tausende gespeist, meinen Sie das, ja? Das denken alle, weil irgend so ein elender Schreiberling die Schriften gefälscht hat. Genau das wollte ich diesem Luder …"

„Luther?", wandte ich zaghaft ein.

„Von mir aus. Der hat mir auch nicht geglaubt. Mein kleiner Bruder lockte die Leute an mit seinem fantasievollen Gerede, und als er fertig war, wollten sie alle was essen. Klar. Wer musste los und Fisch besorgen? Raten Sie mal!"

„Aber er konnte …"

„ … über das Wasser gehen? Ha!" Er stampfte so heftig mit dem Fuß auf, dass Funken stoben und in hübschen Fontänen in Richtung Auslegware flimmerten. Er würde mir den Teppich verderben.

„Wer hat ihn wohl hinübergetragen?"

Ich hob die Hand wie eine brave Schülerin. „Sie?"

„Gut erkannt! Ich, der erstgeborene Sohn Gottes, der große Bruder." Er fuhr sich durch die Haare und zwischen den sorgfältig gestylten Strähnen lugten plötzlich zwei kleine Beulen hervor.

Ich trat einen Schritt zurück und stolperte über den Stuhl, den ich umgeworfen hatte.

Er bemerkte es nicht. „Dann holte der Bengel Lazarus aus der Unterwelt zurück, obwohl uns solche Sachen streng verboten waren. Ich bekam Vaters Zorn zu spüren, weil der kleine Scheißer behauptete, ich hätte ihn angestiftet. All die Schreiberlinge davon zu überzeugen, ich sei das Böse schlechthin, war auch sein Werk. Da hatte ich Vaters Gunst längst verloren." Er hob sein Glas und stürzte die Autorentränen mit einem Ruck herunter. „Gibt es noch mehr von dem Zeug?"

Es gab. Zusammen leerten wir die zweite Flasche, doch dieser Teil der Nacht versinkt in meinem Gedächtnis in wabernder Finsternis.

Ich erwachte vom Klingeln des Telefons. Mein Kopf lag auf dem Mauspad und fühlte sich an wie mit Beton ausgegossen. Als ich endlich mein Handy fand, war es verstummt. Auf dem Display leuchtete die Nummer des Verlages. Mist. Mein Blick fiel auf zwei leere Whiskey-Flaschen. Ich erstarrte.

Dass ich überhaupt wieder aufgewacht war ... Vielleicht sollte ich mich krankmelden?

Ich aktivierte den Monitor und – da war sie! Die letzte Geschichte, drei Seiten, 7000 Zeichen. Hastig überflog ich den Text, obwohl mein Kopf sich heftig wehrte. Ich las irgendwas von Luther, Luzifer und glühenden Augen, na ja, immerhin. Besser als gar nichts.

Neben dem Monitor standen zwei benutzte Gläser. Ich rieb mir die pochenden Schläfen. Zwei Gläser? Dann fiel mein Blick auf den Teppich und ich sah drei, vier, nein – eine ganze Menge kleiner Brandlöcher ...

„Was zum T ...?" Ich biss mir heftig auf die Zunge. Nicht noch einmal!

Obwohl ... vielleicht? Mal sehen.

Weitere Bücher über Ihre Region

Starke Frauen aus Thüringen
Kerstin Klare
96 Seiten, Hardcover,
zahlr. Farbfotos
ISBN 978-3-8313-3250-2

Echt clever! Geniale Erfindungen aus Thüringen
Thomas Bienert
120 Seiten, Hardcover,
zahlreiche Farb- und S/w. Fotos
ISBN 978-3-8313-2996-0

Dunkle Geschichten aus Thüringen
SCHÖN & SCHAURIG
Sieglinde Mörtel
80 Seiten, Hardcover, zahlr. S/w-Fotos
ISBN 978-3-8313-3268-7

Geschichten und Anekdoten aus Thüringen
Bitte hinten anstellen
Sieglinde Mörtel
80 Seiten, Hardcover, zahlr. S/w.-Fotos
ISBN 978-3-8313-1966-4

Wartberg-Verlag GmbH
Im Wiesental 1 | 34281 Gudensberg
www.wartberg-verlag.de

Bücher für Deutschlands Städte und Regione
Tel. 05603-93050
Fax 05603-930528